GUY DE MAUPASSANT

Mademoiselle Fifi

PRÉFACE, COMMENTAIRES ET NOTES
DE LOUIS FORESTIER

ALBIN MICHEL

Louis Forestier, professeur à l'Université de Paris X-Nanterre, s'est spécialisé dans l'étude du symbolisme et du naturalisme. On lui doit l'édition des *Contes et Nouvelles* de Maupassant (2 vol., bibliothèque de la Pléiade) ainsi que divers articles sur cet auteur. Il est responsable de l'équipe *Rimbaud* rattachée au C.N.R.S.; il a publié de nombreux livres, articles ou éditions sur la poésie française des années 1870-1890 (Cros, Nouveau, Rimbaud, Verlaine).

PRÉFACE

L'amour, la mort et le hasard

Le premier hasard, c'est bien l'existence de cette œuvre intitulée *Mademoiselle Fifi*. Est-ce même une œuvre ? Plutôt l'assemblage hâtif de contes divers parus dans la presse et que le public a aimés. *Des vers* n'avait pas placé Maupassant au premier plan de l'actualité littéraire, en revanche *Boule de Suif*, puis *La Maison Tellier* ont fait de lui un point de mire pour les éditeurs et un objet de jalousie pour quelques confrères. D'emblée ces contes ont rencontré le succès.

En homme aussi avisé qu'il est écrivain de talent, Maupassant va monnayer sa réussite ; quoi de plus normal ? Il reprend les thèmes qui ont fait de lui, à tort probablement, un naturaliste heureux : contes normands, récits de guerre (celle de 1870) et histoires de *filles*, tout juste osées comme il faut et marginales sans trop ; « Une partie de campagne » célébrait l'amer bonheur des premières étreintes, tandis que « La Femme de Paul » s'aventurait audacieusement pour l'époque dans les domaines réser-

vés de l'homosexualité féminine. Il est clair qu'en
« bouclant » hâtivement son recueil, en réunissant
des contes et nouvelles récemment publiés, Maupassant cultive un côté accrocheur, voire racoleur :
prostituée meurtrière, petite fille violée, vieille
dame échauffée de désirs, Africaine brûlante, provinciale en quête de sensations. Il y en a pour
tous les goûts. De toute évidence l'auteur souligne
le côté un peu scandaleux du recueil ; mais il le
tempère de ces histoires des champs, de ces
pseudo-souvenirs de guerre, qu'il sait si bien conter
(même lorsqu'il délègue sa parole à un narrateur
supposé ou à une vieille lettre miraculeusement
retrouvée). Il n'en reste pas moins que *Mademoiselle Fifi* fleure, selon le parti qu'on voudra prendre,
ou le fagot infernal ou l'*odor di femmina*. Des deux
côtés, l'auteur courait le risque de s'attirer les
foudres de la justice (il en avait fait l'expérience
trois ans plus tôt), ou de rebuter un éditeur timoré.
Aussi se tourne-t-il vers la Belgique, pays de pudeur
plus large et de généreuse compréhension au réalisme. Il trouve son homme en la personne de
Kistemaeckers qui publie, avec une égale sérénité,
des productions polissonnes et les œuvres de nos
meilleurs nouveaux romanciers d'alors. L'affaire
était lancée et le succès promis.

Littérairement, on pourrait s'inquiéter d'une opération qui n'aurait été que commerciale. Or, ce que
Maupassant confie à un éditeur belge, c'est un
ensemble de textes qui traduisent ses préoccupa-
tions les plus constantes et les plus profondes. Un
poète, connu de l'auteur de *Mademoiselle Fifi*,
écrit :

> *J'ai trois fenêtres à ma chambre,*
> *L'amour, la mer, la mort.*

A supposer que le cabinet de travail de Maupassant ait possédé trois fenêtres, ce qui n'est pas le cas, elles auraient pu ouvrir sur ces horizons.

L'amour. Il revient d'un bout à l'autre de l'œuvre, dans des romans aussi élaborés que *Fort comme la mort*, et dans de brèves nouvelles, « Amour » précisément, où l'auteur rapporte « la plainte déchirante » d'un oiseau dont un chasseur a abattu la femelle. S'agit-il vraiment d'un sentiment analogue dans le recueil qu'on va lire ? sûrement pas. Passion sans doute ; plus encore, désir. La possession des corps passe avant l'entente des esprits et des âmes. Une exception notable : « La Rouille » ; ce conte, à sous-entendus grivois, est l'un de ceux qui laissent le mieux entrevoir ce que pourrait être une communauté de sentiments entre l'homme et la femme, si celle-ci n'était le fruit du hasard.

Ce désir inassouvi qui parcourt le recueil donne au corps et à ses exigences une importance de premier plan. On en montre, sans pudeur, les ridicules ou les imperfections, ceux des hommes principalement, à qui l'on pourrait appliquer la formule biblique d'après la chute : « Et ils connurent qu'ils étaient nus. » Peinture sans complaisance que celle de l'écrivain célèbre auprès de qui une petite provinciale cherche des frissons d'orgie parisienne : « elle regardait, navrée à son côté, ce petit homme sur le dos, tout rond, dont le ventre en boule soulevait le drap comme un ballon gonflé ». L'auteur serait-il masochiste au point de dévaloriser le mâle jusque dans les instants de sa plus grande « assurance » comme il dit ? Non ; mais ce qu'il connaît et ce qu'il craint, c'est le piège de l'amour qui n'est autre que celui de la procréation. Un pessimisme hérité de Schopenhauer lui rend insupportable la contradiction entre la vie donnée pour une existence de misère, et le besoin physique d'union des êtres. Besoin impérieux, comme il est dit dans « Marroca » et comme le montre aussi, de façon cocasse, la respectable Mme Bonderoi qui, ne pouvant plus recourir aux services particuliers des jeunes clercs de feu son notaire de mari, les supplée par ceux de deux dragons. Cette égalité de la race humaine devant le désir est affirmée avec une évidence désabusée : « Elle aimait les beaux garçons ; quoi de plus naturel ? N'aimons-nous pas les belles filles ? » Pourtant, Maupassant ne croit guère à l'amour. Il est sensible, en revanche, à la beauté qu'il qualifiera, plus tard, d'inutile. On peut lire, à travers les contes qui composent *Mademoiselle Fifi*, toutes les étapes d'une sensualité éveillée par la présence de la femme : depuis la simple apparence que l'homme détaille en connaisseur (« Une aventure parisienne »), jusqu'à l'affolement, la griserie provoqués par la chair de femme (« Mademoiselle Fifi »), en passant par le charme d'un parfum de violettes (« Mots d'amour ») ou l'éblouissement provoqué par l'apparition d'une splendide nudité dans la transparence de l'eau (« Marroca »). Ce désir trouve plus de satisfaction dans la contemplation que dans l'union charnelle. C'est que, si la femme est fascinante, elle est aussi inquiétante et mystérieuse ; elle éveille la curiosité et elle suscite la peur. L'un des héros de « Réveil » résume ce point de vue : « Les femmes sont vraiment bien bizarres, compliquées et inexplicables. » Ce n'est pas le propos de *Mademoiselle Fifi* de fournir des explications psychologiques qui, au demeurant, pourraient paraître à certains fâcheusement entachées de partialité masculine.

Maupassant se pose plutôt en observateur du comportement féminin. En apparence il ne juge pas et se contente de rapporter des faits. Par ce biais, on peut le rattacher à une tendance positiviste de la littérature qui l'apparente aux naturalistes ; encore faudrait-il y regarder de plus près. Ce qui transparaît dans les contes de *Mademoiselle Fifi*, et ailleurs, c'est un paradoxe de l'attitude féminine : être à la fois soi-même et son contraire. Pour illustrer ce propos, l'auteur choisit ses personnages dans les milieux les plus divers : le monde parisien et celui de la province, la prostitution, la petite et la grande bourgeoisie, la paysannerie.

En plaçant dans la huche le grand-père mort, afin de libérer le seul matelas de la masure, la paysanne d'« Un réveillon » obéit à un pragmatisme qui contredit les idées reçues : respect de la mort, déploration, veillées funèbres. Elle suscite l'inquiétude et devient, malgré elle, un signe de contradiction : les deux hommes, qui étaient venu faire une visite de condoléances, se partagent entre l'indignation et l'hilarité. De même, les prostituées peuvent susciter des appréciations contradictoires. Elles sont sujettes à la réprobation ; l'opinion commune les tient pour des êtres, sinon des objets, à part : « Boule de Suif » le montrait bien. Réputées immorales, elles sont mises au ban de la « bonne » société. Or qui, dans ces contes, fait preuve de qualités de fierté, d'honneur, de patriotisme, de courage, de reconnaissance ? les *filles* que Maupassant met en scène dans « Mademoiselle Fifi » et dans « Nuit de Noël ». Et qui se donne au premier venu, en ne se souciant de la morale que pour en sauvegarder les apparences ? l'austère Mme Bonderoi, la petite Mme Vasseur et l'amoureuse soudaine de Jean Varin (« Le Remplaçant », « Réveil », « Une aventure parisienne »). Il faut en tirer deux conclusions : les conventions morales et sociales sont toutes relatives ; ces mêmes conventions, au XIXᵉ siècle, sont particulièrement contraignantes pour les femmes.

D'une façon générale, la femme, en dépit des apparences, a une position de sujétion. Il faut savoir gré à Maupassant (qu'on prend trop vite pour un bellâtre ou un Bel-Ami) de l'avoir montré, d'ailleurs mieux dans ses contes que dans ses romans. A vrai dire, cette condition inférieure de la femme le scandalise ou le passionne moins que les conséquences qui en découlent : traumatismes physiques et moraux susceptibles de conduire à la folie. Si la femme se conduit en prostituée, c'est moins par un penchant de sa nature que par un vertige soudain, une rupture brusque des facultés dites normales. Lisons nos textes : chez la femme qui brûle de se donner à n'importe qui, le rire sec, la voix saccadée, le chavirement du regard sont les signes cliniques de ce qui la transforme en « bête humaine ». Le docteur Charcot et ses agitées de la Salpêtrière ne sont pas loin.

Mais il est d'autres sujétions que cette monotonie bourgeoise, à quoi toute femme rêve d'échapper, ou que ce métier supposé d'amour, à quoi toute prostituée cherche des compensations. « A cheval » et « Madame Baptiste » le prouvent : d'un côté, c'est la misère qui vide et accable la conscience, la réduit à l'isolement et la pousse à croire, comme un héros de Huysmans, que « seul le pire arrive » ; de l'autre c'est la flétrissure du viol qui accule la femme à la solitude et au suicide. Dans ces parages sombres, la mort commence à rôder ; on sait aussi qu'elle affleure au paroxysme du désir : plusieurs contes en administrent ici la preuve.

Un penchant au dégoût de l'existence se décèle chez plusieurs des personnages de Maupassant. L'un trouve qu'« il n'y a que les rêves de bons dans la vie » ; tel autre, qui a voulu connaître le vice, estime que ça n'est pas drôle et en éprouve la nausée, tandis que tel autre s'écrie : « Bah ! oublions tout ! » Au bout de la route, le suicide, comme pour Mme Baptiste et bien d'autres chez Maupassant qui ne voit pas de causes spectaculaires à ces grands désespoirs, mais « la lente succession des petites misères de la vie, la désorganisation fatale d'une existence dont les rêves sont disparus ». Le pessimisme, si fort à cette époque, imprègne l'œuvre, bien avant de conduire l'auteur lui-même à tenter de mettre fin à ses jours. La mort est la dernière, la plus sarcastique des réponses au néant de la vie.

Dans *Voyage au bout de la nuit*, la mère Henrouille, qui fait visiter une catacombe, traite familièrement « ses » morts et leur tape sur le ventre. Mais, ajoute Céline, ce n'est « pas une preuve non plus que tout va bien ». La dérision de la mort est même pour les vivants la plus grande manifestation de la peur, de l'angoisse devant ce je-ne-sais-quoi que chacun est appelé à devenir. On peut alors imaginer toutes sortes de situations : l'amant décédé subitement chez sa maîtresse et qu'on fait passer pour évanoui aux yeux du mari, le corps du grand-père allongé dans la huche. Ce qui crée le choc, c'est le face à face réel avec un cadavre, puis le contraste entre le respect qui lui serait dû et le traitement qu'on lui inflige. En effet, il faut se débarrasser, comme dirait Ionesco, de ces morts encombrants, ou de ces morts en puissance : qui dans un placard pour y mourir de faim, qui dans la huche, qui dans un fiacre ou, comme dit la langue populaire, un *sapin* ; le mot cercueil n'est pas prononcé, mais la structure des images lui donne une présence obsédante. On décèle, dans *Mademoiselle Fifi*, tout un sarcasme macabre ; Maupassant exploite ailleurs cette veine en contant l'histoire d'un homme qui, pour aller faire l'ouverture de la chasse, oublie sous un hangar la dépouille de son gendre. Dans le premier des récits qui suivent, l'allègre carillon qui accompagne l'enterrement de Mlle Fifi produit un malaise analogue ; de même la mort des « Deux Amis ». Avec ces pages, commence un autre territoire de la mort : la guerre.

« Mademoiselle Fifi » et « Deux amis » se déroulent sur un fond d'histoire : le conflit de 1870 et le siège de Paris. On ne mesure pas assez ce que la défaite a eu de traumatisant pour les Français. Les provinces perdues, l'Alsace et la Lorraine, deviennent le fonds d'une mythologie nationale qu'illustrent le dessin, la chanson ou la littérature : on se rappelle « La Dernière Classe » d'Alphonse Daudet, ou *Le Banni* d'Erckmann-Chatrian paru la même année que *Mademoiselle Fifi*. De façon systématique et presque stéréotypée, on exalte le patriotisme, les sentiments guerriers, on réveille la France de ses malheurs. Si l'on peut intituler un livre *L'Année terrible*, comme le fait Victor Hugo, il ne viendrait à personne l'idée de l'appeler *La Débâcle*, comme le fera Zola en 1892. La défaite ne saurait être envisagée dans ses côtés négatifs ou mesquins ; son évocation doit au contraire galvaniser les énergies. Ainsi commence à s'imposer « La Revanche, reine de France » comme dit Maurras ; Déroulède et son sonneur de clairon en seront les hérauts officiels, particulièrement à partir du 12 mai 1882, date de fondation de la Ligue des Patriotes. Ironie du hasard : huit jours plus tôt exactement, *Mademoiselle Fifi* sortait des presses.

La position de Maupassant, dans ce courant d'idées, est double. Il est clair qu'en racontant des histoires de guerre, il sait qu'il plaira ; il sait qu'il plaira encore plus en racontant l'aventure d'une prostituée meurtrière d'un Prussien pour venger l'affront fait à l'honneur des « femmes de France ». Il tient là deux clichés populaires : le patriotisme et la femme déchue rachetée par la grandeur d'âme. Il suit habilement une mode. Il s'en éloigne aussi. En effet, il déplace les valeurs et les motivations héroïques : refuser de sonner la cloche de l'église tant que les Prussiens seront là devient un haut fait ; et, quand on y regarde bien, les deux amis, dont parle le conte du même titre, ne deviennent des héros que parce qu'ils aiment la pêche à la ligne. En présentant une forme dégradée, dérisoire ou grotesque de l'énergie nationale, Maupassant ne se pose pas en anarchiste. Il tente de montrer les dangers de l'état d'esprit qu'il constate autour de lui : à force de vivre « les yeux fixés sur la frontière », comme dit Déroulède, on finit par y trouver quelques millions de morts. C'est contre ce massacre que Maupassant s'élève par avance, dans ses contes et, aussi, dans ses chroniques moins connues : « Quand j'entends prononcer ce mot : la guerre, il me vient un effarement comme si on me parlait de sorcellerie, d'inquisition, d'une chose lointaine, finie, abominable, monstrueuse, contre nature » (« La Guerre », *Gil Blas*, 11 décembre 1883). Il ne faut pas donner forme légale et collective aux instincts meurtriers de l'homme.

Car tout homme est un assassin en puissance. Plusieurs contes, ici même, en apportent la preuve. Marroca est prête à tuer son mari d'un coup de hachette, au cas où il apercevrait l'amant caché sous le lit ; Rachel tue « mademoiselle Fifi » dans un affolement de rage. La référence à la folie, faille qui dévoile l'affleurement d'une autre personnalité, est explicite. « Fou ? » ira loin dans ces perspectives, en combinant l'obsession jalouse et une lente dégradation mentale ; au terme, un renversement des perceptions normales s'opère : le cheval, tenu en rival par le dément, est abattu « comme un homme », cependant que la femme naguère aimée est vue par l'assassin *se ruant* sur lui. Le personnage a bien conscience d'avoir commis « un acte de folie » ; mais il pense que certains états psychologiques suffisent « pour nous faire commettre des crimes et des folies sans être vraiment criminel par le cœur ou par le cerveau ». Maupassant arrive ainsi à l'une de ses grandes croyances, celle d'où il tirera les plus beaux contes de la folie et du fantastique : l'homme est double ; un autre être vit en nous, que nous ne connaissons pas et qui peut provoquer notre aliénation. Il suffit pour cela d'un hasard.

Précisément, on a souvent l'impression que le monde et les hommes lui sont livrés. Cette conviction est confirmée par « L'Inutile Beauté », l'une des dernières nouvelles, importante pour l'interprétation de l'œuvre. Dieu n'y est pas formellement nié, mais il y est assimilé à un semeur de combinaisons inorganiques aveugle et inconscient. L'intelligence même de l'homme est le résultat fortuit de la « parturition divine ». Cette thèse pessimiste s'affirme de plus en plus au fur et à mesure que l'œuvre s'accomplit. Elle se constitue en théorie. Avec *Mademoiselle Fifi* elle n'en est encore qu'à l'exposé des faits : mais quel catalogue accablant !

Comique, tragique ou dérisoire, il n'est presque pas de conte où le hasard n'intervienne. De même qu'il peut y avoir, dans la psychologie humaine, des failles qui affectent gravement le comportement, il peut y avoir des ruptures, des modifications minimes dans les événements qui en dérangent radicalement le cours. Nul n'est à l'abri de ce grain de sable qui grippe définitivement la petite machine de sa vie. C'est le hasard qui fait découvrir les appétits secrets de Mme Bonderoi ; c'est le hasard qui fait de la rencontre d'une jeune prostituée l'obligation de se charger durant toute une vie d'un enfant qui n'est pas le sien ; c'est le hasard qui transforme une partie de plaisir en existence de misère.

Le plus grave est que ce hasard joue en presque tous les domaines. Il est le grand saccageur de l'amour : le héros de « La Bûche » est resté vieux garçon à cause de lui ; et, à cause de lui, le héros de « La Relique » risque bien de le rester ; c'est au hasard que la jeune femme de « Réveil » doit ce qui sera, en réalité, l'entrée dans un long cauchemar. Le hasard dérange la morale qu'il faut se hâter de rétablir par « une ruse ». Il modifie les conditions sociales, comme dans « A cheval ». Un gâchis !

Il ne faut pas grand-chose pour briser ainsi des existences fragiles. Un mot suffit. La grande trouvaille de Maupassant est d'avoir fait surgir le hasard d'une phrase naturelle et non d'un fait dont l'invraisemblance aurait pu choquer. « Mettez donc une bûche au feu » ; « Tu peux la garder pour Baptiste, ta médaille » ; « A nous aussi, toutes les femmes de France »... En excellent styliste, Maupassant connaît l'importance et la gravité des vocables. Aussi « Mots d'amour », conte anodin en apparence, est-il important ; le narrateur y montre combien tout sentiment est fragile : un mot inopportun, un silence peuvent tout briser. Car le silence même peut tuer : la phrase qu'il faut crier aux sentinelles, celle que les « deux amis » refusent de dire à l'officier prussien, est un mot de passe pour la mort.

Faut-il dresser un constat de pessimisme absolu ? Non, car il y a autant de chances du côté du bonheur que contre ; non, car il est vrai qu'on peut éprouver de grands et profonds sentiments ; car on peut rire parfois, et être heureux. Mais la vie est ainsi faite qu'elle ressemble à ce jeu qu'affectionne Mlle Fifi : il remplit de poudre de délicats objets de porcelaine ; une étincelle suffit à tout réduire en morceaux dont il admire les formes imprévues avec une délectation de dieu mauvais. Le bonheur, c'est quand la mèche fait long feu.

Louis Forestier.

MADEMOISELLE FIFI[1]

LE major, commandant prussien, comte de Farlsberg[2], achevait de lire son courrier, le dos au fond
d'un grand fauteuil de tapisserie et ses pieds bottés
sur le marbre élégant de la cheminée, où ses
éperons, depuis trois mois qu'il occupait le château
d'Uville, avaient tracé deux trous profonds, fouillés
un peu plus tous les jours.

Une tasse de café fumait sur un guéridon de
marqueterie maculé par les liqueurs, brûlé par les
cigares, entaillé par le canif de l'officier conquérant
qui, parfois, s'arrêtant d'aiguiser un crayon, traçait
sur le meuble gracieux des chiffres ou des dessins,
à la fantaisie de son rêve nonchalant.

Quand il eut achevé ses lettres et parcouru les
journaux allemands que son vaguemestre venait de
lui apporter, il se leva, et, après avoir jeté au feu
trois ou quatre énormes morceaux de bois vert, car
ces messieurs abattaient peu à peu le parc pour se
chauffer, il s'approcha de la fenêtre.

La pluie tombait à flots, une pluie normande
qu'on aurait dit jetée par une main furieuse, une
pluie en biais, épaisse comme un rideau, formant
une sorte de mur à raies obliques, une pluie cin-

glante, éclaboussante, noyant tout, une vraie pluie des environs de Rouen, ce pot de chambre de la France.

L'officier regarda longtemps les pelouses inondées, et, là-bas, l'Andelle gonflée qui débordait ; et il tambourinait contre la vitre une valse du Rhin, quand un bruit le fit se retourner : c'était son second, le baron de Kelweingstein, ayant le grade équivalent à celui de capitaine.

Le major était un géant, large d'épaules, orné d'une longue barbe en éventail formant nappe sur sa poitrine ; et toute sa grande personne solennelle éveillait l'idée d'un paon militaire, un paon qui aurait porté sa queue déployée à son menton. Il avait des yeux bleus, froids et doux, une joue fendue d'un coup de sabre dans la guerre d'Autriche ; et on le disait brave homme autant que brave officier.

Le capitaine, un petit rougeaud à gros ventre, sanglé de force, portait presque ras son poil ardent, dont les fils de feu auraient fait croire, quand ils se trouvaient sous certains reflets, sa figure frottée de phosphore. Deux dents perdues dans une nuit de noce, sans qu'il se rappelât au juste comment, lui faisaient cracher des paroles épaisses qu'on n'entendait pas toujours ; et il était chauve du sommet du crâne seulement, tonsuré comme un moine, avec une toison de petits cheveux frisés, dorés et luisants, autour de ce cerceau de chair nue.

Le commandant lui serra la main, et il avala d'un trait sa tasse de café (la sixième depuis le matin), en écoutant le rapport de son subordonné sur les incidents survenus dans le service ; puis tous deux se rapprochèrent de la fenêtre en déclarant que ce n'était pas gai. Le major, homme tranquille, marié chez lui, s'accommodait de tout ; mais le baron capitaine, viveur tenace, coureur de bouges, forcené trousseur de filles, rageait d'être enfermé depuis trois mois dans la chasteté obligatoire de ce poste perdu.

Comme on grattait à la porte, le commandant cria d'ouvrir, et un homme, un de leurs soldats automates, apparut dans l'ouverture, disant par sa seule présence que le déjeuner était prêt.

Dans la salle, ils trouvèrent les trois officiers de moindre grade : un lieutenant, Otto de Grossling ; deux sous-lieutenants, Fritz Scheunaubourg et le marquis Wilhelm d'Eyrik, un tout petit blondin fier et brutal avec les hommes, dur aux vaincus, et violent comme une arme à feu.

Depuis son entrée en France, ses camarades ne l'appelaient plus que Mlle Fifi. Ce surnom lui venait de sa tournure coquette, de sa taille fine qu'on aurait dit tenue en un corset, de sa figure pâle où sa naissante moustache apparaissait à peine, et aussi de l'habitude qu'il avait prise, pour exprimer son souverain mépris des êtres et des choses, d'employer à tout moment la locution française — *fi, fi, donc*, qu'il prononçait avec un léger sifflement.

La salle à manger du château d'Uville était une longue et royale pièce dont les glaces de cristal ancien, étoilées de balles, et les hautes tapisseries des Flandres, tailladées à coups de sabre et pendantes par endroits, disaient les occupations de Mlle Fifi, en ses heures de désœuvrement.

Sur les murs, trois portraits de famille, un guerrier vêtu de fer, un cardinal et un président, fumaient de longues pipes de porcelaine, tandis qu'en son cadre dédoré par les ans, une noble dame à poitrine serrée montrait d'un air arrogant une énorme paire de moustaches faites au charbon.

Et le déjeuner des officiers s'écoula presque en

19

silence dans cette pièce mutilée, assombrie par l'averse, attristante par son aspect vaincu, et dont le vieux parquet de chêne était devenu sordide comme un sol de cabaret.

A l'heure du tabac, quand ils commencèrent à boire, ayant fini de manger, ils se mirent, de même que chaque jour, à parler de leur ennui. Les bouteilles de cognac et de liqueurs passaient de main en main ; et tous, renversés sur leurs chaises, absorbaient à petits coups répétés, en gardant au coin de la bouche le long tuyau courbé que terminait l'œuf de faïence, toujours peinturluré comme pour séduire des Hottentots.

Dès que leur verre était vide, ils le remplissaient avec un geste de lassitude résignée. Mais Mlle Fifi cassait à tout moment le sien, et un soldat immédiatement lui en présentait un autre.

Un brouillard de fumée âcre les noyait, et ils semblaient s'enfoncer dans une ivresse endormie et triste, dans cette soûlerie morne des gens qui n'ont rien à faire.

Mais le baron, soudain, se redressa. Une révolte le secouait ; il jura : « Nom de dieu ! ça ne peut pas durer, il faut inventer quelque chose à la fin. »

Ensemble le lieutenant Otto et le sous-lieutenant Fritz, deux Allemands doués éminemment de physionomies allemandes lourdes et graves, répondirent : « Quoi, mon capitaine ? »

Il réfléchit quelques secondes, puis reprit : « Quoi ? Eh bien, il faut organiser une fête, si le commandant le permet. »

Le major quitta sa pipe : « Quelle fête, capitaine ? »

Le baron s'approcha : « Je me charge de tout, mon commandant. J'enverrai à Rouen *Le Devoir*, qui nous ramènera des dames, je sais où les prendre. On préparera ici un souper ; rien ne manque

20

d'ailleurs et, au moins, nous passerons une bonne soirée. »

Le comte de Farlsberg haussa les épaules en souriant : « Vous êtes fou, mon ami. »

Mais tous les officiers s'étaient levés, entouraient leur chef, le suppliaient :

« Laissez faire le capitaine, mon commandant, c'est si triste ici. »

A la fin le major céda : « Soit », dit-il ; et aussitôt le baron fit appeler *Le Devoir*. C'était un vieux sous-officier qu'on n'avait jamais vu rire, mais qui accomplissait fanatiquement tous les ordres de ses chefs, quels qu'ils fussent.

Debout, avec sa figure impassible, il reçut les instructions du baron ; puis il sortit, et cinq minutes plus tard, une grande voiture du train militaire, couverte d'une bâche de meunier tendue en dôme, détalait sous la pluie acharnée, au galop de quatre chevaux.

Aussitôt un frisson de réveil sembla courir dans les esprits ; les poses alanguies se redressèrent, les visages s'animèrent et on se mit à causer.

Bien que l'averse continuât avec autant de furie, le major affirma qu'il faisait moins sombre, et le lieutenant Otto annonçait avec conviction que le ciel allait s'éclaircir. Mlle Fifi elle-même ne semblait pas tenir en place. Elle se levait, se rasseyait. Son œil clair et dur cherchait quelque chose à briser. Soudain, fixant la dame aux moustaches, le jeune blondin tira son revolver. « Tu ne verras pas cela, toi », dit-il ; et, sans quitter son siège, il visa. Deux balles successivement crevèrent les deux yeux du portrait.

Puis il s'écria : « Faisons la mine ! » Et brusquement les conversations s'interrompirent, comme si un intérêt puissant et nouveau se fût emparé de tout le monde.

La mine, c'était son invention, sa manière de détruire, son amusement préféré.

En quittant le château, le propriétaire légitime, le comte Fernand d'Amoys d'Uville, n'avait eu le temps de rien emporter ni de rien cacher, sauf l'argenterie enfouie dans le trou d'un mur. Or, comme il était fort riche et magnifique, son grand salon, dont la porte ouvrait dans la salle à manger, présentait, avant la fuite précipitée du maître, l'aspect d'une galerie de musée.

Aux murailles pendaient des toiles, des dessins et des aquarelles de prix, tandis que sur les meubles, les étagères, et dans les vitrines élégantes, mille bibelots, des potiches, des statuettes, des bonshommes de Saxe et des magots de Chine, des ivoires anciens et des verres de Venise, peuplaient le vaste appartement de leur foule précieuse et bizarre.

Il n'en restait guère maintenant. Non qu'on les eût pillés, le major comte de Farlsberg ne l'aurait point permis ; mais Mlle Fifi, de temps en temps, faisait la *mine* ; et tous les officiers, ce jour-là, s'amusaient vraiment pendant cinq minutes.

Le petit marquis alla chercher dans le salon ce qu'il lui fallait. Il rapporta une toute mignonne théière de Chine famille rose qu'il emplit de poudre à canon, et, par le bec, il introduisit délicatement un long morceau d'amadou, l'alluma, et courut reporter cette machine infernale dans l'appartement voisin.

Puis il revint bien vite, en fermant la porte. Tous les Allemands attendaient, debout, avec la figure souriante d'une curiosité enfantine ; et, dès que l'explosion eut secoué le château, ils se précipitèrent ensemble.

Mlle Fifi, entrée la première, battit des mains avec délire devant une Vénus de terre cuite dont la tête avait enfin sauté ; et chacun ramassa des morceaux de porcelaine, s'étonnant aux dentelures étranges des éclats, examinant les dégâts nouveaux, contestant certains ravages comme produits par l'explosion précédente ; et le major considérait d'un air paternel le vaste salon bouleversé par cette mitraille à la Néron[1] et sablé de débris d'objets d'art. Il en sortit le premier, en déclarant avec bonhomie : « Ça a bien réussi, cette fois. »

Mais une telle trombe de fumée était entrée dans la salle à manger, se mêlant à celle du tabac, qu'on ne pouvait plus respirer. Le commandant ouvrit la fenêtre, et tous les officiers, revenus pour boire un dernier verre de cognac, s'en approchèrent.

L'air humide s'engouffra dans la pièce, apportant une sorte de poussière d'eau qui poudrait les barbes et une odeur d'inondation. Ils regardaient les grands arbres accablés sous l'averse, la large vallée embrumée par ce dégorgement des nuages sombres et bas, et tout au loin le clocher de l'église dressé comme une pointe grise dans la pluie battante.

Depuis leur arrivée, il n'avait plus sonné. C'était, du reste, la seule résistance que les envahisseurs eussent rencontrée aux environs : celle du clocher. Le curé ne s'était nullement refusé à recevoir et à nourrir les soldats prussiens ; il avait même plusieurs fois accepté de boire une bouteille de bière ou de bordeaux avec le commandant ennemi, qui l'employait souvent comme intermédiaire bienveillant ; mais il ne fallait pas lui demander un seul tintement de sa cloche ; il se serait plutôt laissé fusiller. C'était sa manière à lui de protester contre l'invasion, protestation pacifique, protestation de silence, la seule, disait-il, qui convînt au prêtre, homme de douceur et non de sang ; et tout le monde, à dix lieues à la ronde, vantait la fermeté, l'héroïsme de l'abbé Chantavoine, qui osait affirmer le deuil public, le proclamer, par le mutisme obstiné de son église.

Le village entier, enthousiasmé par cette résistance, était prêt à soutenir jusqu'au bout son pasteur, à tout braver, considérant cette protestation tacite comme la sauvegarde de l'honneur national. Il semblait aux paysans qu'ils avaient ainsi mieux mérité de la patrie que Belfort[1] et que Strasbourg, qu'ils avaient donné un exemple équivalent, que le nom du hameau en deviendrait immortel ; et, hormis cela, ils ne refusaient rien aux Prussiens vainqueurs.

Le commandant et ses officiers riaient ensemble de ce courage inoffensif ; et comme le pays entier se montrait obligeant et souple à leur égard, ils toléraient volontiers son patriotisme muet.

Seul, le petit marquis Wilhem aurait bien voulu forcer la cloche à sonner. Il enrageait de la condescendance politique de son supérieur pour le prêtre ; et chaque jour il suppliait le commandant de le laisser faire « Ding-don-don », une fois, une seule petite fois pour rire un peu seulement. Et il demandait cela avec des grâces de chatte, des cajoleries de femme, des douceurs de voix d'une maîtresse affolée par une envie ; mais le commandant ne cédait point, et Mlle Fifi, pour se consoler, faisait la *mine* dans le château d'Uville.

Les cinq hommes restèrent là, en tas, quelques minutes, aspirant l'humidité. Le lieutenant Fritz, enfin, prononça en jetant un rire pâteux : « Ces temoiselles técitément n'auront pas peau temps pour leur bromenate. »

Là-dessus, on se sépara, chacun allant à son service, et le capitaine ayant fort à faire pour les préparatifs du dîner.

Quand ils se retrouvèrent de nouveau à la nuit tombante, ils se mirent à rire en se voyant tous coquets et reluisants comme aux jours de grande revue, pommadés, parfumés, tout frais. Les cheveux du commandant semblaient moins gris que le matin ; et le capitaine s'était rasé, ne gardant que sa moustache, qui lui mettait une flamme sous le nez.

Malgré la pluie, on laissait la fenêtre ouverte ; et l'un d'eux parfois allait écouter. A six heures dix minutes, le baron signala un lointain roulement. Tous se précipitèrent ; et bientôt la grande voiture accourut avec ses quatre chevaux toujours au galop, crottés jusqu'au dos, fumants et soufflants.

Et cinq femmes descendirent sur le perron, cinq belles filles choisies avec soin par un camarade du capitaine à qui *Le Devoir* était allé porter une carte de son officier.

Elles ne s'étaient point fait prier, sûres d'être bien payées, connaissant d'ailleurs les Prussiens, depuis trois mois qu'elles en tâtaient, et prenant leur parti des hommes comme des choses. « C'est le métier qui veut ça », se disaient-elles en route, pour répondre sans doute à quelque picotement secret d'un reste de conscience.

Et tout de suite on entra dans la salle à manger. Illuminée, elle semblait plus lugubre encore en son délabrement piteux ; et la table couverte de viandes, de vaisselle riche et d'argenterie retrouvée dans le mur où l'avait cachée le propriétaire, donnait à ce lieu l'aspect d'une taverne de bandits qui soupent après un pillage. Le capitaine, radieux, s'empara des femmes comme d'une chose familière, les appréciant, les embrassant, les flairant, les évaluant à leur valeur de filles à plaisir ; et comme les trois jeunes gens voulaient en prendre chacun une, il s'y opposa avec autorité, se réservant de faire le partage en toute justice suivant les grades, pour ne blesser en rien la hiérarchie.

Alors, afin d'éviter toute discussion, toute contestation et tout soupçon de partialité, il les aligna par rang de taille, et s'adressant à la plus grande, avec le ton du commandement : « Ton nom ? »

Elle répondit en grossissant sa voix : « Paméla. »

Alors il proclama : « Numéro un, la nommée Paméla, adjugée au commandant. »

Ayant ensuite embrassé Blondine, la seconde, en signe de propriété, il offrit au lieutenant Otto la grosse Amanda, Eva *la Tomate*[1] au sous-lieutenant Fritz, et la plus petite de toutes, Rachel, une brune toute jeune, à l'œil noir comme une tache d'encre, une Juive dont le nez retroussé confirmait la règle qui donne des becs courbes à toute sa race, au plus jeune des officiers, au frêle marquis Wilhem d'Eyrik.

Toutes, d'ailleurs, étaient jolies et grasses, sans physionomies bien distinctes, faites à peu près pareilles de tournure et de peau par les pratiques d'amour quotidiennes et la vie commune des maisons publiques.

Les trois jeunes gens prétendaient tout de suite entraîner leurs femmes, sous prétexte de leur offrir des brosses et du savon pour se nettoyer ; mais le capitaine s'y opposa sagement, affirmant qu'elles étaient assez propres pour se mettre à table et que ceux qui monteraient voudraient changer en descendant et troubleraient les autres couples. Son expérience l'emporta. Il y eut seulement beaucoup de baisers, des baisers d'attente.

Soudain, Rachel suffoqua, toussant aux larmes et rendant la fumée par les narines. Le marquis, sous prétexte de l'embrasser, venait de lui souffler un jet de tabac dans la bouche. Elle ne se fâcha point, ne dit pas un mot, mais elle regarda fixement son possesseur avec une colère éveillée tout au fond de son œil noir.

On s'assit. Le commandant lui-même semblait enchanté ; il prit à sa droite Paméla, Blondine à sa gauche et déclara, dépliant sa serviette : « Vous avez eu là une charmante idée, capitaine. »

Les lieutenants Otto et Fritz, polis comme auprès de femmes du monde, intimidaient un peu leurs voisines ; mais le baron de Kelweingstein, lâché dans son vice, rayonnait, lançait des mots grivois, semblait en feu avec sa couronne de cheveux rouges. Il galantisait en français du Rhin ; et ses compliments de taverne, expectorés par le trou des deux dents brisées, arrivaient aux filles au milieu d'une mitraille de salive.

Elles ne comprenaient rien, du reste ; et leur intelligence ne sembla s'éveiller que lorsqu'il cracha des paroles obscènes, des expressions crues, estropiées par son accent. Alors toutes, ensemble, elles commencèrent à rire comme des folles, tombant sur le ventre de leurs voisins, répétant les termes que le baron se mit alors à défigurer à plaisir pour leur faire dire des ordures. Elles en vomissaient à volonté, soûles aux premières bouteilles de vin ; et, redevenant elles, ouvrant la porte aux habitudes, elles embrassaient les moustaches de droite et celles de gauche, pinçaient les bras, poussaient des cris furieux, buvaient dans tous les verres, chantaient des couplets français et des bouts de chansons allemandes appris dans leurs rapports quotidiens avec l'ennemi.

Bientôt les hommes eux-mêmes, grisés par cette chair de femme étalée sous leur nez et sous leurs mains, s'affolèrent, hurlant, brisant la vaisselle, tandis que, derrière leur dos, des soldats impassibles les servaient.

Le commandant seul gardait de la retenue.

Mlle Fifi avait pris Rachel sur ses genoux, et s'animant à froid, tantôt il embrassait follement les frisons d'ébène de son cou, humant par le mince intervalle entre la robe et la peau la douce chaleur de son corps et tout le fumet de sa personne ; tantôt à travers l'étoffe, il la pinçait avec fureur, la faisant crier, saisi d'une férocité rageuse, travaillé par son besoin de ravage. Souvent aussi, la tenant à pleins bras, l'étreignant comme pour la mêler à lui, il appuyait longuement ses lèvres sur la bouche fraîche de la Juive, la baisait à perdre haleine ; mais soudain il la mordit si profondément qu'une traînée de sang descendit sur le menton de la jeune femme et coula dans son corsage.

Encore une fois, elle le regarda bien en face, et, lavant la plaie, murmura : « Ça se paie, cela. » Il se mit à rire, d'un rire dur. « Je paierai », dit-il.

On arrivait au dessert ; on versait du champagne. Le commandant se leva, et du même ton qu'il aurait pris pour porter la santé de l'impératrice Augusta[1], il but :

« A nos dames ! » Et une série de toasts commença, des toasts d'une galanterie de soudards et de pochards, mêlés de plaisanteries obscènes, rendues plus brutales encore par l'ignorance de la langue.

Ils se levaient l'un après l'autre, cherchant de l'esprit, s'efforçant d'être drôles ; et les femmes, ivres à tomber, les yeux vagues, les lèvres pâteuses, applaudissaient chaque fois éperdument.

Le capitaine, voulant sans doute rendre à l'orgie un air galant, leva encore une fois son verre, et prononça : « A nos victoires sur les cœurs ! »

Alors le lieutenant Otto, espèce d'ours de la Forêt Noire, se dressa, enflammé, saturé de boissons. Et envahi brusquement de patriotisme alcoolique, il cria : « A nos victoires sur la France ! »

Toutes grises qu'elles étaient, les femmes se turent ; et Rachel, frissonnante, se retourna : « Tu

sais, j'en connais des Français, devant qui tu ne
dirais pas ça. »

Mais le petit marquis, la tenant toujours sur ses
genoux, se mit à rire, rendu très gai par le vin :
« Ah ! ah ! ah ! je n'en ai jamais vu, moi. Sitôt que
nous paraissons, ils foutent le camp ! »

La fille, exaspérée, lui cria dans la figure : « Tu
mens, salop ! »

Durant une seconde, il fixa sur elle ses yeux
clairs, comme il les fixait sur les tableaux dont
il crevait la toile à coups de revolver, puis il
se mit à rire : « Ah ! oui, parlons-en, la belle !
serions-nous ici, s'ils étaient braves ! » Et il s'animait : « Nous sommes leurs maîtres ! à nous la
France ! »

Elle quitta ses genoux d'une secousse et retomba
sur sa chaise. Il se leva, tendit son verre jusqu'au
milieu de la table et répéta : « A nous la France et
les Français, les bois, les champs et les maisons de
France ! »

Les autres, tout à fait soûls, secoués soudain
par un enthousiasme militaire, un enthousiasme
de brutes, saisirent leurs verres en vociférant :
« Vive la Prusse ! » et les vidèrent d'un seul
trait.

Les filles ne protestaient point, réduites au
silence et prises de peur. Rachel elle-même se
taisait, impuissante à répondre.

Alors, le petit marquis posa sur la tête de la
Juive sa coupe de champagne emplie à nouveau :
« A nous aussi, cria-t-il, toutes les femmes de
France ! »

Elle se leva si vite, que le cristal, culbuté, vida,
comme pour un baptême, le vin jaune dans ses
cheveux noirs, et il tomba, se brisant à terre. Les
lèvres tremblantes, elle bravait du regard l'officier qui riait toujours, et elle balbutia, d'une voix

étranglée de colère : « Ça, ça, ça n'est pas vrai, par exemple, vous n'aurez pas les femmes de France. »

Il s'assit pour rire à son aise, et, cherchant l'accent parisien : « Elle est pien ponne, pien ponne, qu'est-ce alors que tu viens faire ici, pétite ? »

Interdite, elle se tut d'abord, comprenant mal dans son trouble, puis, dès qu'elle eut bien saisi ce qu'il disait, elle lui jeta, indignée et véhémente : « Moi ! moi ! Je ne suis pas une femme, moi, je suis une putain ; c'est bien tout ce qu'il faut à des Prussiens. »

Elle n'avait point fini qu'il la giflait à toute volée ; mais comme il levait encore une fois la main, affolée de rage, elle saisit sur la table un petit couteau de dessert à lame d'argent, et si brusquement, qu'on ne vit rien d'abord, elle lui piqua droit dans le cou, juste au creux où la poitrine commence.

Un mot qu'il prononçait fut coupé dans sa gorge ; et il resta béant, avec un regard effroyable[1].

Tous poussèrent un rugissement, et se levèrent en tumulte ; mais ayant jeté sa chaise dans les jambes du lieutenant Otto, qui s'écroula tout au long, elle courut à la fenêtre, l'ouvrit avant qu'on eût pu l'atteindre, et s'élança dans la nuit, sous la pluie qui tombait toujours.

En deux minutes, Mlle Fifi fut morte. Alors Fritz et Otto dégainèrent et voulurent massacrer les femmes qui se traînaient à leurs genoux. Le major, non sans peine, empêcha cette boucherie, fit enfermer dans une chambre, sous la garde de deux hommes, les quatre filles éperdues ; puis comme s'il eût disposé ses soldats pour un combat, il organisa la poursuite de la fugitive, bien certain de la reprendre.

Cinquante hommes, fouettés de menaces, furent lancés dans le parc. Deux cents autres fouillèrent les bois et toutes les maisons de la vallée.

La table, desservie en un instant, servait maintenant de lit mortuaire, et les quatre officiers, rigides, dégrisés, avec la face dure des hommes de guerre en fonctions, restaient debout près des fenêtres, sondaient la nuit.

L'averse torrentielle continuait. Un clapotis continu emplissait les ténèbres, un flottant murmure d'eau qui tombe et d'eau qui coule, d'eau qui dégoutte et d'eau qui rejaillit.

Soudain, un coup de feu retentit, puis un autre très loin ; et pendant quatre heures, on entendit ainsi de temps en temps des détonations proches ou lointaines et des cris de ralliement, des mots étranges lancés comme un appel par des voix gutturales.

Au matin, tout le monde rentra. Deux soldats avaient été tués, et trois autres blessés par leurs camarades dans l'ardeur de la chasse et l'effarement de cette poursuite nocturne.

On n'avait pas retrouvé Rachel.

Alors les habitants furent terrorisés, les demeures bouleversées, toute la contrée parcourue, battue, retournée. La Juive ne semblait pas avoir laissé une seule trace de son passage.

Le général, prévenu, ordonna d'étouffer l'affaire, pour ne point donner de mauvais exemples dans l'armée, et il frappa d'une peine disciplinaire le commandant, qui punit ses inférieurs. Le général avait dit : « On ne fait pas la guerre pour s'amuser et caresser des filles publiques. » Et le comte de Farlsberg, exaspéré, résolut de se venger sur le pays.

Comme il lui fallait un prétexte afin de sévir sans contrainte, il fit venir le curé et lui ordonna de sonner la cloche à l'enterrement du marquis d'Eyrik.

Contre toute attente, le prêtre se montra docile, humble, plein d'égards. Et, quand le corps de Mlle Fifi, porté par les soldats, précédé, entouré, suivi de soldats qui marchaient le fusil chargé, quitta le château d'Uville, allant au cimetière, pour la première fois la cloche tinta son glas funèbre avec une allure allègre, comme si une main amie l'eût caressée.

Elle sonna le soir encore, et le lendemain aussi, et tous les jours ; elle carillonna tant qu'on voulut. Parfois même, la nuit, elle se mettait toute seule en branle, et jetait doucement deux ou trois sons dans l'ombre, prise de gaietés singulières, réveillée on ne sait pourquoi. Tous les paysans du lieu la dirent alors ensorcelée ; et personne, sauf le curé et le sacristain, n'approchait plus du clocher.

C'est qu'une pauvre fille vivait là-haut, dans l'angoisse et la solitude, nourrie en cachette par ces deux hommes.

Elle y resta jusqu'au départ des troupes allemandes. Puis, un soir, le curé, ayant emprunté le char à bancs du boulanger, conduisit lui-même sa prisonnière jusqu'à la porte de Rouen. Arrivé là, le prêtre l'embrassa ; elle descendit et regagna vivement à pied le logis public, dont la patronne la croyait morte.

Elle en fut tirée quelque temps après par un patriote sans préjugés qui l'aima pour sa belle action, puis l'ayant ensuite chérie pour elle-même, l'épousa, en fit une Dame qui valut autant que beaucoup d'autres.

MADAME BAPTISTE[1]

QUAND j'entrai dans la salle des voyageurs de la gare de Loubain, mon premier regard fut pour l'horloge. J'avais à attendre deux heures dix minutes l'express de Paris.

Je me sentis las soudain comme après dix lieues à pied ; puis je regardai autour de moi comme si j'allais découvrir sur les murs un moyen de tuer le temps ; puis je ressortis et m'arrêtai devant la porte de la gare, l'esprit travaillé par le désir d'inventer quelque chose à faire.

La rue, sorte de boulevard planté d'acacias maigres, entre deux rangs de maisons inégales et différentes, des maisons de petite ville, montait une sorte de colline ; et tout en haut on apercevait des arbres comme si un parc l'eût terminée.

De temps en temps un chat traversait la chaussée, enjambant les ruisseaux d'une manière délicate. Un roquet pressé sentait le pied de tous les arbres, cherchant des débris de cuisine. Je n'apercevais aucun homme.

Un morne découragement m'envahit. Que faire ? Que faire ? Je songeais déjà à l'interminable et inévitable séance dans le petit café du chemin de fer, devant un bock imbuvable et l'illisible journal du lieu, quand j'aperçus un convoi funèbre qui tournait une rue latérale pour s'engager dans celle où je me trouvais.

La vue du corbillard fut un soulagement pour moi. C'était au moins dix minutes de gagnées.

Mais soudain mon attention redoubla. Le mort n'était suivi que par huit messieurs dont un pleurait. Les autres causaient amicalement. Aucun prêtre n'accompagnait. Je pensai : « Voilà un enterrement civil », puis je réfléchis qu'une ville comme Loubain devait contenir au moins une centaine de libres penseurs qui se seraient fait un devoir de manifester. Alors, quoi ? La marche rapide du convoi disait bien pourtant qu'on enterrait ce défunt-là sans cérémonie, et, par conséquent, sans religion.

Ma curiosité désœuvrée se jeta dans les hypothèses les plus compliquées ; mais, comme la voiture funèbre passait devant moi, une idée baroque me vint : c'était de suivre avec les huit messieurs. J'avais là une heure au moins d'occupation, et je me mis en marche, d'un air triste, derrière les autres.

Les deux derniers se retournèrent avec étonnement, puis se parlèrent bas. Ils se demandaient certainement si j'étais de la ville. Puis ils consultèrent les deux précédents, qui se mirent à leur tour à me dévisager. Cette attention investigatrice me gênait, et, pour y mettre fin, je m'approchai de mes voisins. Les ayant salués, je dis : « Je vous demande bien pardon, messieurs, si j'interromps votre conversation. Mais, apercevant un enterrement civil, je me suis empressé de le suivre sans connaître, d'ailleurs, le mort que vous accompagnez. » Un des messieurs prononça : « C'est une morte. » Je fus surpris et demandai : « Cependant c'est bien un enterrement civil, n'est-ce pas ? »

L'autre monsieur, qui désirait évidemment m'instruire, prit la parole : « Oui et non. Le clergé nous a refusé l'entrée de l'église. » Je poussai, cette fois, un « Ah ! » de stupéfaction. Je ne comprenais plus du tout.

Mon obligeant voisin me confia, à voix basse : « Oh ! c'est toute une histoire. Cette jeune femme s'est tuée, et voilà pourquoi on n'a pas pu la faire enterrer religieusement. C'est son mari que vous voyez là, le premier, celui qui pleure. »

Alors, je prononçai, en hésitant : « Vous m'étonnez et vous m'intéressez beaucoup, monsieur. Serait-il indiscret de vous demander de me conter cette histoire ? Si je vous importune, mettez que je n'ai rien dit. »

Le monsieur me prit le bras familièrement : « Mais pas du tout, pas du tout. Tenez, restons un peu derrière. Je vais vous dire ça, c'est fort triste. Nous avons le temps, avant d'arriver au cimetière, dont vous voyez les arbres là-haut ; car la côte est rude. »

Et il commença : « Figurez-vous que cette jeune femme, Mme Paul Hamot, était la fille d'un riche commerçant du pays, M. Fontanelle. Elle eut, étant tout enfant, à l'âge de onze ans, une aventure terrible : un valet la souilla. Elle en faillit mourir, estropiée par ce misérable que sa brutalité dénonça. Un épouvantable procès eut lieu et révéla que depuis trois mois la pauvre martyre était victime des honteuses pratiques de cette brute. L'homme fut condamné aux travaux forcés à perpétuité.

« La petite fille grandit, marquée d'infamie, isolée, sans camarade, à peine embrassée par les grandes personnes, qui auraient cru se tacher les lèvres en touchant son front.

« Elle était devenue pour la ville une sorte de monstre, de phénomène. On disait tout bas :

« Vous savez, la petite Fontanelle. » Dans la rue tout le monde se retournait quand elle passait. On ne pouvait même pas trouver de bonnes pour la conduire à la promenade, les servantes des autres familles se tenant à l'écart comme si une contagion se fût émanée de l'enfant pour s'étendre à tous ceux qui l'approchaient.

« C'était pitié de voir cette pauvre petite sur le cours où vont jouer les mioches tous les après-midi. Elle restait toute seule, debout, près de sa domestique, regardant d'un air triste les autres gamins qui s'amusaient. Quelquefois, cédant à une irrésistible envie de se mêler aux enfants, elle s'avançait timidement, avec des gestes craintifs, et entrait dans un groupe d'un pas furtif, comme consciente de son indignité. Et aussitôt, de tous les bancs, accouraient les mères, les bonnes, les tantes, qui saisissaient par la main les fillettes confiées à leur garde et les entraînaient brutalement. La petite Fontanelle demeurait isolée, éperdue, sans comprendre ; et elle se mettait à pleurer, le cœur crevant de chagrin. Puis elle courait se cacher la figure, en sanglotant, dans le tablier de sa bonne.

« Elle grandit ; ce fut pis encore. On éloignait d'elle les jeunes filles comme d'une pestiférée. Songez donc que cette jeune personne n'avait plus rien à apprendre, rien ; qu'elle n'avait plus droit à la symbolique fleur d'oranger ; qu'elle avait pénétré, presque avant de savoir lire, le redoutable mystère que les mères laissent à peine deviner, en tremblant, le soir seulement du mariage.

« Quand elle passait dans la rue, accompagnée de sa gouvernante, comme si on l'eût gardée à vue dans la crainte incessante de quelque nouvelle et terrible aventure, quand elle passait dans la rue, les yeux toujours baissés sous la honte mystérieuse qu'elle sentait peser sur elle, les autres jeunes filles, moins naïves qu'on ne pense, chuchotaient en la regardant sournoisement, ricanaient en dessous, et détournaient bien vite la tête d'un air distrait, si par hasard elle les fixait.

« On la saluait à peine. Seuls, quelques hommes se découvraient. Les mères feignaient de ne pas l'avoir aperçue. Quelques petits voyous l'appelaient « madame Baptiste », du nom du valet qui l'avait outragée et perdue.

« Personne ne connaissait les tortures secrètes de son âme ; car elle ne parlait guère et ne riait jamais. Ses parents eux-mêmes semblaient gênés devant elle, comme s'ils lui en eussent éternellement voulu de quelque faute irréparable.

« Un honnête homme ne donnerait pas volontiers la main à un forçat libéré, n'est-ce pas, ce forçat fût-il son fils ? M. et Mme Fontanelle considéraient leur fille comme ils l'eussent fait d'un fils sortant du bagne.

« Elle était jolie et pâle, grande, mince, distinguée. Elle m'aurait beaucoup plu, monsieur, sans cette affaire.

« Or, quand nous avons eu un nouveau sous-préfet, voici maintenant dix-huit mois, il amena avec lui son secrétaire particulier, un drôle de garçon qui avait mené la vie dans le Quartier latin, paraît-il.

« Il vit Mlle Fontanelle et en devint amoureux. On lui dit tout. Il se contenta de répondre : « Bah, « c'est justement là une garantie pour l'avenir. « J'aime mieux que ce soit avant qu'après. Avec « cette femme-là, je dormirai tranquille. »

« Il fit sa cour, la demanda en mariage et l'épousa. Alors, ayant du toupet, il fit des visites de noces comme si de rien n'était. Quelques personnes les rendirent, d'autres s'abstinrent. Enfin, on commençait à oublier et elle prenait place dans le monde.

« Il faut vous dire qu'elle adorait son mari comme un dieu. Songez qu'il lui avait rendu l'honneur, qu'il l'avait fait rentrer dans la loi commune, qu'il avait bravé, forcé l'opinion, affronté les outrages, accompli, en somme, un acte de courage que bien peu d'hommes accompliraient. Elle avait donc pour lui une passion exaltée et ombrageuse.

« Elle devint enceinte, et, quand on apprit sa grossesse, les personnes les plus chatouilleuses lui ouvrirent leur porte, comme si elle eût été définitivement purifiée par la maternité. C'est drôle, mais c'est comme ça.

« Tout allait donc pour le mieux, quand nous avons eu, l'autre jour, la fête patronale du pays. Le préfet, entouré de son état-major et des autorités, présidait le concours des orphéons, et il venait de prononcer son discours, lorsque commença la distribution des médailles que son secrétaire particulier, Paul Hamot, remettait à chaque titulaire.

« Vous savez que dans ces affaires-là il y a toujours des jalousies et des rivalités qui font perdre la mesure aux gens.

« Toutes les dames de la ville étaient là, sur l'estrade.

« A son tour s'avança le chef de musique du bourg de Mormillon. Sa troupe n'avait qu'une médaille de deuxième classe. On ne peut pas en donner de première classe à tout le monde, n'est-ce pas ?

« Quand le secrétaire particulier lui remit son emblème, voilà que cet homme la lui jette à la figure en criant : « Tu peux la garder pour Baptiste, « ta médaille. Tu lui en dois même une de première « classe aussi bien qu'à moi. »

« Il y avait là un tas de peuple qui se mit à rire.

Le peuple n'est pas charitable ni délicat, et tous les yeux se sont tournés vers cette pauvre dame.

« Oh ! monsieur, avez-vous jamais vu une femme devenir folle ? — Non. — Eh bien, nous avons assisté à ce spectacle-là ! Elle se leva et retomba sur son siège trois fois de suite, comme si elle eût voulu se sauver et compris qu'elle ne pourrait traverser toute cette foule qui l'entourait.

« Une voix, quelque part, dans le public, cria encore : « Ohé, madame Baptiste ! » Alors une grande rumeur eut lieu, faite de gaietés et d'indignations.

« C'était une houle, un tumulte ; toutes les têtes remuaient. On se répétait le mot ; on se haussait pour voir la figure que faisait cette malheureuse ; des maris enlevaient leurs femmes dans leurs bras afin de la leur montrer ; des gens demandaient : « Laquelle, celle en bleu ? » Les gamins poussaient des cris de coq ; de grands rires éclataient de place en place[1].

« Elle ne remuait plus, éperdue, sur son fauteuil d'apparat, comme si elle eût été placée en montre pour l'assemblée. Elle ne pouvait ni disparaître, ni bouger, ni dissimuler son visage. Ses paupières clignotaient précipitamment, comme si une grande lumière lui eût brûlé les yeux ; et elle soufflait à la façon d'un cheval qui monte une côte.

« Ça fendait le cœur de la voir.

« M. Hamot avait saisi à la gorge ce grossier personnage, et ils se roulaient par terre au milieu d'un tumulte effroyable.

« La cérémonie fut interrompue.

« Une heure après, au moment où les Hamot rentraient chez eux, la jeune femme, qui n'avait pas prononcé un seul mot depuis l'insulte, mais qui tremblait comme si tous ses nerfs eussent été mis en danse par un ressort, enjamba tout à coup le parapet du pont sans que son mari ait eu le temps de la retenir, et se jeta dans la rivière.

« L'eau est profonde sous les arches. On fut deux heures avant de parvenir à la repêcher. Elle était morte, naturellement. »

Le conteur se tut. Puis il ajouta : « C'est peut-être ce qu'elle avait de mieux à faire dans sa position. Il y a des choses qu'on n'efface pas.

« Vous saisissez maintenant pourquoi le clergé a refusé la porte de l'église. Oh ! si l'enterrement avait été religieux toute la ville serait venue. Mais vous comprenez que le suicide s'ajoutant à l'autre histoire, les familles se sont abstenues ; et puis, il est bien difficile, ici, de suivre un enterrement sans prêtres. »

Nous franchissions la porte du cimetière. Et j'attendis, très ému, qu'on eût descendu la bière dans la fosse pour m'approcher du pauvre garçon qui sanglotait et lui serrer énergiquement la main.

Il me regarda avec surprise à travers ses larmes, puis prononça : « Merci, monsieur. » Et je ne regrettai pas d'avoir suivi ce convoi.

LA ROUILLE[1]

Il n'avait eu, toute sa vie, qu'une inapaisable passion, la chasse. Il chassait tous les jours, du matin
au soir, avec un emportement furieux. Il chassait
hiver comme été, au printemps comme à l'automne, au marais, quand les règlements interdi-
saient la plaine et les bois ; il chassait au tiré, à
courre, au chien d'arrêt, au chien courant, à l'affût,
au miroir, au furet. Il ne parlait que de chasse,
rêvait chasse, répétait sans cesse : « Doit-on être
malheureux quand on n'aime pas la chasse ! »

Il avait maintenant cinquante ans sonnés, se
portait bien, restait vert, bien que chauve, un peu
gros, mais vigoureux ; et il portait tout le dessous
de la moustache rasé pour bien découvrir les lèvres
et garder libre le tour de la bouche, afin de pouvoir
sonner du cor plus facilement.

On ne le désignait dans la contrée que par son
petit nom : M. Hector. Il s'appelait le baron Hector
Gontran de Coutelier.

Il habitait, au milieu des bois, un petit manoir,
dont il avait hérité ; et bien qu'il connût toute la
noblesse du département et rencontrât tous ses
représentants mâles dans les rendez-vous de

chasse, il ne fréquentait assidûment qu'une famille : les Courville, des voisins aimables, alliés à sa race depuis des siècles.

Dans cette maison il était choyé, aimé, dorloté, et il disait : « Si je n'étais pas chasseur, je voudrais ne point vous quitter. » M. de Courville était son ami et son camarade depuis l'enfance. Gentilhomme agriculteur, il vivait tranquille avec sa femme, sa fille et son gendre, M. de Darnetot, qui ne faisait rien, sous prétexte d'études historiques.

Le baron de Coutelier allait souvent dîner chez ses amis, surtout pour leur raconter ses coups de fusil. Il avait de longues histoires de chiens et de furets dont il parlait comme des personnages marquants qu'il aurait beaucoup connus. Il dévoilait leurs pensées, leurs intentions, les analysait, les expliquait : « Quand Médor a vu que le râle le faisait courir ainsi, il s'est dit : « Attends, mon « gaillard, nous allons rire. » Alors en me faisant signe de la tête d'aller me placer au coin du champ de trèfle, il s'est mis à quêter de biais, à grand bruit, en remuant les herbes pour pousser le gibier dans l'angle où il ne pourrait plus échapper. Tout est arrivé comme il l'avait prévu ; le râle, tout d'un coup, s'est trouvé sur la lisière. Impossible d'aller plus loin sans se découvrir. Il s'est dit : « Pincé, « nom d'un chien ! » et s'est tapi. Médor alors tomba en arrêt en me regardant ; je lui fais un signe, il force. — Brrrou — le râle s'envole — j'épaule — pan ! — il tombe ; et Médor, en le rapportant, remuait la queue pour me dire : « Est-il « joué, ce tour-là, monsieur Hector ? »

Courville, Darnetot et les deux femmes riaient follement de ces récits pittoresques où le baron mettait toute son âme. Il s'animait, remuait les bras, gesticulait de tout le corps ; et quand il disait la mort du gibier, il riait d'un rire formidable, et demandait toujours comme conclusion : « Est-elle bonne, celle-là ? »

Dès qu'on parlait d'autre chose, il n'écoutait plus et s'essayait tout seul à fredonner des fanfares. Aussi, dès qu'un instant de silence se faisait entre deux phrases, dans ces moments de brusques accalmies qui coupent la rumeur des paroles, on entendait tout à coup un air de chasse : « Ton ton, ton taine ton ton », que le baron poussait en gonflant les joues comme s'il eût tenu son cor.

Il n'avait jamais vécu que pour la chasse et vieillissait sans s'en douter ni s'en apercevoir. Brusquement, il eut une attaque de rhumatisme et resta deux mois au lit. Il faillit mourir de chagrin et d'ennui. Comme il n'avait pas de bonne, faisant préparer sa cuisine par un vieux serviteur, il n'obtenait ni cataplasmes chauds, ni petits soins, ni rien de ce qu'il faut aux souffrants. Son piqueur fut son garde-malade, et cet écuyer qui s'ennuyait au moins autant que son maître, dormait jour et nuit dans un fauteuil, pendant que le baron jurait et s'exaspérait entre ses draps.

Les dames de Courville venaient parfois le voir ; et c'était pour lui des heures de calme et de bien-être. Elles préparaient sa tisane, avaient soin du feu, lui servaient gentiment son déjeuner, sur le bord du lit ; et quand elles partaient il murmurait : « Sacrebleu ! vous devriez bien venir loger ici. » Et elles riaient de tout leur cœur.

Comme il allait mieux et recommençait à chasser au marais, il vint un soir dîner chez ses amis ; mais il n'avait plus son entrain ni sa gaieté. Une pensée incessante le torturait, la crainte d'être ressaisi par les douleurs avant l'ouverture. Au moment de prendre congé, alors que les femmes l'enveloppaient en un châle, lui nouaient un foulard au cou, et qu'il se laissait faire pour la première fois de sa vie, il murmura d'un ton désolé : « Si ça recommence, je suis un homme foutu. »

Lorsqu'il fut parti, Mme de Darnetot dit à sa mère : « Il faudrait marier le baron. »

Tout le monde leva les bras. Comment n'y avait-on pas encore songé ? On chercha toute la soirée parmi les veuves qu'on connaissait, et le choix s'arrêta sur une femme de quarante ans, encore jolie, assez riche, de belle humeur et bien portante qui s'appelait Mme Berthe Vilers.

On l'invita à passer un mois au château. Elle s'ennuyait. Elle vint. Elle était remuante et gaie ; M. de Coutelier lui plut tout de suite. Elle s'en amusait comme d'un jouet vivant et passait des heures entières à l'interroger sournoisement sur les sentiments des lapins et les machinations des renards. Il distinguait gravement les manières de voir différentes des divers animaux, et leur prêtait des plans et des raisonnements subtils comme aux hommes de sa connaissance.

L'attention qu'elle lui donnait le ravit ; et, un soir, pour lui témoigner son estime, il la pria de chasser, ce qu'il n'avait encore jamais fait pour aucune femme. L'invitation parut si drôle qu'elle accepta. Ce fut une fête pour l'équiper ; tout le monde s'y mit, lui offrit quelque chose ; et elle apparut vêtue en manière d'amazone, avec des bottes, des culottes d'homme, une jupe courte, une jaquette de velours trop étroite pour la gorge, et une casquette de valet de chiens.

Le baron semblait ému comme s'il allait tirer son premier coup de fusil. Il lui expliqua minutieusement la direction du vent, les différents arrêts des chiens, la façon de tirer les gibiers ; puis il la poussa dans un champ, en la suivant pas à pas, avec la sollicitude d'une nourrice qui regarde son nourrisson marcher pour la première fois.

Médor rencontra, rampa, s'arrêta, leva la patte. Le baron, derrière son élève, tremblait comme une feuille. Il balbutiait : « Attention, attention, des per... des per... des perdrix. »

Il n'avait pas fini qu'un grand bruit s'envola de terre — brr, brr, brr —, et un régiment de gros oiseaux monta dans l'air en battant des ailes.

Mme Vilers, éperdue, ferma les yeux, lâcha les deux coups, recula d'un pas sous la secousse du fusil ; puis, quand elle reprit son sang-froid, elle aperçut le baron qui dansait comme un fou, et Médor rapportant deux perdrix dans sa gueule.

A dater de ce jour, M. de Coutelier fut amoureux d'elle.

Il disait en levant les yeux : « Quelle femme ! » et il venait tous les soirs maintenant pour causer chasse. Un jour, M. de Courville, qui le reconduisait et l'écoutait s'extasier sur sa nouvelle amie, lui demanda brusquement : « Pourquoi ne l'épousez-vous pas ? » Le baron resta saisi : « Moi ? moi ? l'épouser !... mais... au fait... » Et il se tut. Puis serrant précipitamment la main de son compagnon, il murmura : « Au revoir, mon ami », et disparut à grands pas dans la nuit.

Il fut trois jours sans revenir. Quand il reparut, il était pâli par ses réflexions, et plus grave que de coutume. Ayant pris à part M. de Courville : « Vous avez eu là une fameuse idée. Tâchez de la préparer à m'accepter. Sacrebleu ! une femme comme ça, on la dirait faite pour moi. Nous chasserons ensemble toute l'année. »

M. de Courville, certain qu'il ne serait pas refusé,

répondit : « Faites votre demande tout de suite, mon cher. Voulez-vous que je m'en charge ? » Mais le baron se troubla soudain ; et balbutiant : « Non..., non... il faut d'abord que je fasse un petit voyage... un petit voyage... à Paris. Dès que je serai revenu, je vous répondrai définitivement. » On n'en put obtenir d'autres éclaircissements et il partit le lendemain.

Le voyage dura longtemps. Une semaine, deux semaines, trois semaines se passèrent. M. de Courville ne reparaissait pas. Les Courville, étonnés, inquiets, ne savaient que dire à leur amie qu'ils avaient prévenue de la démarche du baron. On envoyait tous les deux jours prendre chez lui de ses nouvelles ; aucun de ses serviteurs n'en avait reçu.

Or, un soir, comme Mme Vilers chantait en s'accompagnant au piano, une bonne vint, avec un grand mystère, chercher M. de Courville, en lui disant tout bas qu'un monsieur le demandait. C'était le baron, changé, vieilli, en costume de voyage. Dès qu'il vit son vieil ami, il lui saisit les mains, et, d'une voix un peu fatiguée : « J'arrive à l'instant, mon cher, et j'accours chez vous, je n'en puis plus. » Puis il hésita, visiblement embarrassé : « Je voulais vous dire... tout de suite... que cette... cette affaire... vous savez bien... est manquée. »

M. de Courville le regardait stupéfait. « Comment ? manquée ? Et pourquoi ? — Oh ! ne m'interrogez pas, je vous prie, ce serait trop pénible à dire, mais soyez sûr que j'agis en... honnête homme. Je ne peux pas... Je n'ai pas le droit, vous entendez, pas le droit, d'épouser cette dame. J'attendrai qu'elle soit partie pour revenir chez vous ; il me serait trop douloureux de la revoir. Adieu. »

Et il s'enfuit.

Toute la famille délibéra, discuta, supposa mille choses. On conclut qu'un grand mystère était caché dans la vie du baron, qu'il avait peut-être des enfants naturels, une vieille liaison. Enfin l'affaire paraissait grave ; et pour ne point entrer en des complications difficiles, on prévint habilement Mme Vilers, qui s'en retourna veuve comme elle était venue.

Trois mois encore se passèrent. Un soir, comme il avait fortement dîné et qu'il titubait un peu, M. de Coutelier, en fumant sa pipe le soir avec M. de Courville, lui dit : « Si vous saviez comme je pense souvent à votre amie, vous auriez pitié de moi. »

L'autre, que la conduite du baron en cette circonstance avait un peu froissé, lui dit sa pensée vivement : « Sacrebleu, mon cher, quand on a des secrets dans son existence, on ne s'avance pas d'abord comme vous l'avez fait ; car, enfin, vous pouviez prévoir le motif de votre reculade, assurément. »

Le baron, confus, cessa de fumer.

« Oui et non. Enfin, je n'aurai pas cru ce qui est arrivé. »

M. de Courville, impatienté, reprit : « On doit tout prévoir. »

Mais M. de Coutelier, en sondant de l'œil les ténèbres pour être sûr qu'on ne les écoutait pas, reprit à voix basse :

« Je vois bien que je vous ai blessé et je vais tout vous dire pour me faire excuser. Depuis vingt ans, mon ami, je ne vis que pour la chasse. Je n'aime que ça, vous le savez, je ne m'occupe que de ça. Aussi, au moment de contracter des devoirs envers cette dame, un scrupule de conscience m'est venu. Depuis le temps que j'ai perdu l'habitude de... de... de l'amour, enfin je ne savais plus si je serais encore capable de... de..., vous savez bien... Songez donc ? voici maintenant seize ans exactement que... que... que... pour la dernière fois, vous comprenez. Dans ce pays-ci, ce n'est pas facile de... de... vous y êtes. Et puis j'avais autre chose à faire. J'aime mieux tirer un coup de fusil. Bref, au moment de m'engager devant le maire et le prêtre à... à... ce que vous savez, j'ai eu peur. Je me suis dit : Bigre, mais si... si... j'allais rater. Un honnête homme ne manque jamais à ses engagements ; et je prenais là un engagement sacré vis-à-vis de cette personne. Enfin, pour en avoir le cœur net, je me suis promis d'aller passer huit jours à Paris.

« Au bout de huit jours, rien, mais rien. Et ce n'est pas faute d'avoir essayé. J'ai pris ce qu'il y avait de mieux dans tous les genres. Je vous assure qu'elles ont fait ce qu'elles ont pu... Oui... certainement, elles n'ont rien négligé... Mais que voulez-vous ? elles se retiraient toujours... bredouilles... bredouilles... bredouilles.

« J'ai attendu alors quinze jours, trois semaines, espérant toujours. J'ai mangé dans les restaurants un tas de choses poivrées, qui m'ont perdu l'estomac et... et... rien... toujours rien.

« Vous comprenez que, dans ces circonstances, devant cette constatation, je ne pouvais que... que... que me retirer. Ce que j'ai fait. »

M. de Courville se tordait pour ne pas rire. Il serra gravement les mains du baron en lui disant : « Je vous plains », et le reconduisit jusqu'à mi-chemin de sa demeure. Puis, lorsqu'il se trouva seul avec sa femme, il lui dit tout, en suffoquant de gaieté. Mais Mme de Courville ne riait point ; elle écoutait, très attentive, et lorsque son mari eut achevé, elle répondit avec un grand sérieux : « Le baron est un niais, mon cher ; il avait peur, voilà tout. Je vais écrire à Berthe de revenir, et bien vite. »

Et comme M. de Courville objectait le long et inutile essai de leur ami, elle reprit : « Bah ! quand on aime sa femme, entendez-vous, cette chose-là... revient toujours. »

Et M. de Courville ne répliqua rien, un peu confus lui-même.

MARROCA[1]

Mon ami, tu m'as demandé de t'envoyer mes impressions, mes aventures, et surtout mes histoires d'amour sur cette terre d'Afrique qui m'attirait depuis si longtemps. Tu riais beaucoup, d'avance, de mes tendresses noires, comme tu disais ; et tu me voyais déjà revenir suivi d'une grande femme en ébène, coiffée d'un foulard jaune, et ballottante en des vêtements éclatants.

Le tour des Moricaudes viendra sans doute, car j'en ai vu déjà plusieurs qui m'ont donné quelque envie de me tremper en cette encre ; mais je suis tombé pour mon début sur quelque chose de mieux et de singulièrement original.

Tu m'as écrit, dans ta dernière lettre : « Quand je sais comment on aime dans un pays, je connais ce pays à le décrire, bien que ne l'ayant jamais vu. » Sache qu'ici on aime furieusement. On sent, dès les premiers jours, une sorte d'ardeur frémissante, un soulèvement, une brusque tension des désirs, un énervement courant au bout des doigts, qui surexcitent à les exaspérer nos puissances amoureuses et toutes nos facultés de sensation physique, depuis le simple contact des mains jusqu'à cet innommable besoin qui nous fait commettre tant de sottises.

Entendons-nous bien. Je ne sais si ce que vous appelez l'amour du cœur, l'amour des âmes, si l'idéalisme sentimental, le platonisme enfin, peut exister sous ce ciel ; j'en doute même. Mais l'autre amour, celui des sens, qui a du bon, et beaucoup de bon, est véritablement terrible en ce climat. La chaleur, cette constante brûlure de l'air qui vous enfièvre, ces souffles suffocants du sud, ces marées de feu venues du grand désert si proche, ce lourd sirocco, plus ravageant, plus desséchant que la flamme, ce perpétuel incendie d'un continent tout entier brûlé jusqu'aux pierres par un énorme et dévorant soleil, embrasent le sang, affolent la chair, embestialisent.

Mais j'arrive à mon histoire. Je ne te dis rien de mes premiers temps de séjour en Algérie. Après avoir visité Bône, Constantine, Biskra et Sétif, je suis venu à Bougie par les gorges du Chabet, et une incomparable route au milieu des forêts kabyles, qui suit la mer en la dominant de deux cents mètres, et serpente selon les festons de la haute montagne, jusqu'à ce merveilleux golfe de Bougie aussi beau que celui de Naples, que celui d'Ajaccio et que celui de Douarnenez, les plus admirables que je connaisse. J'excepte dans ma comparaison cette invraisemblable baie de Porto, ceinte de granit rouge, et habitée par les fantastiques et sanglants géants de pierre qu'on appelle les « Calanche » de Piana, sur les côtes ouest de la Corse.

De loin, de très loin, avant de contourner le grand bassin où dort l'eau pacifique, on aperçoit Bougie. Elle est bâtie sur les flancs rapides d'un mont très élevé et couronné par des bois. C'est une tache blanche dans cette pente verte ; on dirait l'écume d'une cascade tombant à la mer.

Dès que j'eus mis le pied dans cette toute petite et ravissante ville, je compris que j'allais y rester longtemps. De partout l'œil embrasse un véritable cercle de sommets crochus, dentelés, cornus et bizarres, tellement fermé qu'on découvre à peine la pleine mer, et que le golfe a l'air d'un lac. L'eau bleue, d'un bleu laiteux, est d'une transparence admirable ; et le ciel d'azur, d'un azur épais, comme s'il avait reçu deux couches de couleur, étale au-dessus sa surprenante beauté. Ils semblent se mirer l'un dans l'autre et se renvoyer leurs reflets.

Bougie est la ville des ruines. Sur le quai, en arrivant, on rencontre un débris si magnifique, qu'on le dirait d'opéra. C'est la vieille porte Sarrasine, envahie de lierre. Et dans les bois montueux autour de la cité, partout des ruines, des pans de murailles romaines, des morceaux de monuments sarrasins, des restes de constructions arabes.

J'avais loué dans la ville haute une petite maison mauresque. Tu connais ces demeures si souvent décrites. Elles ne possèdent point de fenêtres en dehors ; mais une cour intérieure les éclaire du haut en bas. Elles ont, au premier, une grande salle fraîche où l'on passe les jours, et tout en haut une terrasse où l'on passe les nuits.

Je me mis tout de suite aux coutumes des pays chauds, c'est-à-dire à faire la sieste après mon déjeuner. C'est l'heure étouffante d'Afrique, l'heure où l'on ne respire plus, l'heure où les rues, les plaines, les longues routes aveuglantes sont désertes, où tout le monde dort, essaie au moins de dormir, avec aussi peu de vêtements que possible.

J'avais installé dans ma salle à colonnettes d'architecture arabe un grand divan moelleux, couvert de tapis du Djebel-Amour. Je m'étendais là-dessus à peu près dans le costume d'Assan[1], mais je

n'y pouvais guère reposer, torturé par ma conti-
nence.

Oh ! mon ami, il est deux supplices de cette terre
que je ne te souhaite pas de connaître : le manque
d'eau et le manque de femmes. Lequel est le plus
affreux ? Je ne sais. Dans le désert, on commettrait
toutes les infamies pour un verre d'eau claire et
froide. Que ne ferait-on pas en certaines villes du
littoral pour une belle fille fraîche et saine ? Car
elles ne manquent pas, les filles, en Afrique ! Elles
foisonnent, au contraire ; mais, pour continuer ma
comparaison, elles y sont toutes aussi malfaisantes
et pourries que le liquide fangeux des puits saha-
riens.

Or, voici qu'un jour, plus énervé que de coutume,
je tentai, mais en vain, de fermer les yeux. Mes
jambes vibraient comme piquées en dedans ; une
angoisse inquiète me retournait à tout moment sur
mes tapis. Enfin, n'y tenant plus, je me levai et je
sortis.

C'était en juillet, par une après-midi torride. Les
pavés des rues étaient chauds à cuire du pain ; la
chemise, tout de suite trempée, collait au corps ; et,
par tout l'horizon, flottait une petite vapeur blanche, cette buée ardente du sirocco, qui semble de la
chaleur palpable.

Je descendis près de la mer ; et, contournant le
port, je me mis à suivre la berge le long de la jolie
baie où sont les bains. La montagne escarpée,
couverte de taillis, de hautes plantes aromatiques
aux senteurs puissantes, s'arrondit en cercle autour
de cette crique où trempent, tout le long du bord,
de gros rochers bruns.

Personne dehors ; rien ne remuait ; pas un cri de
bête, un vol d'oiseau, pas un bruit, pas même un
clapotement, tant la mer immobile paraissait
engourdie sous le soleil. Mais dans l'air cuisant, je

croyais saisir une sorte de bourdonnement de feu.

Soudain, derrière une de ces roches à demi noyées dans l'onde silencieuse, je devinai un léger mouvement ; et, m'étant retourné, j'aperçus, prenant son bain, se croyant bien seule à cette heure brûlante, une grande fille nue, enfoncée jusqu'aux seins. Elle tournait la tête vers la pleine mer, et sautillait doucement sans me voir.

Rien de plus étonnant que ce tableau : cette belle femme dans cette eau transparente comme un verre, sous cette lumière aveuglante. Car elle était belle merveilleusement, cette femme, grande, modelée en statue.

Elle se retourna, poussa un cri, et, moitié nageant, moitié marchant, se cacha tout à fait derrière sa roche.

Comme il fallait bien qu'elle sortît, je m'assis sur la berge et j'attendis. Alors elle montra tout doucement sa tête surchargée de cheveux noirs liés à la diable. Sa bouche était large, aux lèvres retroussées comme des bourrelets, ses yeux énormes, effrontés, et toute sa chair un peu brunie par le climat semblait une chair d'ivoire ancien, dure et douce, de belle race teintée par le soleil des nègres.

Elle me cria : « Allez-vous-en. » Et sa voix pleine, un peu forte comme toute sa personne, avait un accent guttural. Je ne bougeai point. Elle ajouta : « Ça n'est pas bien de rester là, monsieur. » Les r, dans sa bouche, roulaient comme des chariots. Je ne remuai pas davantage. La tête disparut.

Dix minutes s'écoulèrent ; et les cheveux, puis le front, puis les yeux se remontrèrent avec lenteur et prudence, comme font les enfants qui jouent à cache-cache pour observer celui qui les cherche.

Cette fois, elle eut l'air furieux ; elle cria : « Vous allez me faire attraper mal. Je ne partirai pas tant que vous serez là. » Alors je me levai et m'en allai, non sans me retourner souvent. Quand elle me jugea assez loin, elle sortit de l'eau à demi courbée, me tournant ses reins ; et elle disparut dans un creux du roc, derrière une jupe suspendue à l'entrée.

Je revins le lendemain. Elle était encore au bain, mais vêtue d'un costume entier. Elle se mit à rire en me montrant ses dents luisantes.

Huit jours après, nous étions amis. Huit jours de plus, et nous le devenions encore davantage.

Elle s'appelait Marroca, d'un surnom sans doute, et prononçait ce mot comme s'il eût contenu quinze *r*. Fille de colons espagnols, elle avait épousé un Français nommé Pontabèze. Son mari était employé de l'État. Je n'ai jamais bien su au juste quelles fonctions il remplissait. Je constatai qu'il était fort occupé, et je n'en demandai pas plus long.

Alors, changeant l'heure de son bain, elle vint chaque jour après mon déjeuner faire la sieste dans ma maison. Quelle sieste ! Si c'est là se reposer !

C'était vraiment une admirable fille, d'un type un peu bestial, mais superbe. Ses yeux semblaient toujours luisants de passion ; sa bouche entrouverte, ses dents pointues, son sourire même avaient quelque chose de férocement sensuel ; et ses seins étranges, allongés et droits, aigus comme des poires de chair, élastiques comme s'ils eussent renfermé des ressorts d'acier, donnaient à son corps quelque chose d'animal, faisaient d'elle une sorte d'être inférieur et magnifique, de créature destinée à l'amour désordonné, éveillant en moi l'idée des obscènes divinités antiques dont les tendresses libres s'étalaient au milieu des herbes et des feuilles.

Et jamais femme ne porta dans ses flancs de plus inapaisables désirs. Ses ardeurs acharnées et ses hurlantes étreintes, avec des grincements de dents, des convulsions et des morsures, étaient suivies presque aussitôt d'assoupissements profonds comme une mort. Mais elle se réveillait brusquement en mes bras, toute prête à des enlacements nouveaux, la gorge gonflée de baisers.

Son esprit, d'ailleurs, était simple comme deux et deux font quatre, et un rire sonore lui tenait lieu de pensée.

Fière par instinct de sa beauté, elle avait en horreur les voiles les plus légers ; et elle circulait, courait, gambadait dans la maison avec une impudeur inconsciente et hardie. Quand elle était enfin repue d'amour, épuisée de cris et de mouvements, elle dormait à mes côtés sur le divan, d'un sommeil fort et paisible ; tandis que l'accablante chaleur faisait pointer sur sa peau brunie de minuscules gouttes de sueur, dégageait d'elle, de ses bras relevés sous sa tête, de tous ses replis secrets, cette odeur fauve qui plaît aux mâles.

Quelquefois elle revenait le soir, son mari étant de service je ne sais où. Nous nous étendions alors sur la terrasse, à peine enveloppés en de fins et flottants tissus d'Orient.

Quand la grande lune illuminante des pays chauds s'étalait en plein dans le ciel, éclairant la ville et le golfe avec son cadre arrondi de montagnes, nous apercevions alors sur toutes les autres terrasses comme une armée de silencieux fantômes étendus qui parfois se levaient, changeaient de place, et se recouchaient sous la tiédeur langoureuse du ciel apaisé.

Malgré l'éclat de ces soirées d'Afrique, Marroca s'obstinait à se mettre nue encore sous les clairs rayons de la lune ; elle ne s'inquiétait guère de tous ceux qui nous pouvaient voir, et souvent elle poussait par la nuit, malgré mes craintes et mes prières, de longs cris vibrants, qui faisaient au loin hurler les chiens.

Comme je sommeillais le soir, sous le large firmament tout barbouillé d'étoiles, elle vint s'agenouiller sur mon tapis, en approchant de ma bouche ses grandes lèvres retournées :

« Il faut, dit-elle, que tu viennes dormir chez moi. »

Je ne comprenais pas.

« Comment, chez toi ?

— Oui, quand mon mari sera parti, tu viendras dormir à sa place. »

Je ne pus m'empêcher de rire :

« Pourquoi ça, puisque tu viens ici ? »

Elle reprit, en me parlant dans la bouche, me jetant son haleine chaude au fond de la gorge, mouillant ma moustache de son souffle : « C'est pour me faire un souvenir. » — Et l'*r* de souvenir traîna longtemps avec un fracas de torrent sur des roches.

Je ne saisissais point son idée. Elle passa ses bras à mon cou.

« Quand tu ne seras plus là, j'y penserai. Et quand j'embrasserai mon mari, il me semblera que ce sera toi. »

Et les *rrrai* et les *rrra* prenaient en sa voix des grondements de tonnerres familiers.

Je murmurai, attendri et très égayé :

« Mais tu es folle. J'aime mieux rester chez moi. »

Je n'ai, en effet, aucun goût pour les rendez-vous sous un toit conjugal ; ce sont là des souricières où sont toujours pris les imbéciles. Mais elle me pria, me supplia, pleura même, ajoutant : « Tu verras comme je t'aimerrrai. » *T'aimerrrai* retentissait à la façon d'un roulement de tambour battant la charge.

Son désir me semblait tellement singulier que je ne me l'expliquais point ; puis, en y songeant, je crus démêler quelque haine profonde contre son mari, une de ces vengeances secrètes de femme qui trompe avec délices l'homme abhorré, et le veut encore tromper chez lui, dans ses meubles, dans ses draps.

Je lui dis :

« Ton mari est très méchant pour toi ? »

Elle prit un air fâché.

« Oh ! non, très bon.

— Mais tu ne l'aimes pas, toi ? »

Elle me fixa avec ses larges yeux étonnés.

« Si, je l'aime beaucoup, au contraire, beaucoup, beaucoup, mais pas tant que toi, mon cœurrr. »

Je ne comprenais plus du tout, et comme je cherchais à deviner, elle appuya sur ma bouche une de ces caresses dont elle connaissait le pouvoir, puis elle murmura :

« Tu viendras, dis ? »

Je résistai cependant. Alors elle s'habilla tout de suite et s'en alla.

Elle fut huit jours sans se montrer. Le neuvième jour elle reparut, s'arrêta gravement sur le seuil de ma chambre et demanda :

« Viendras-tu ce soir dorrrmirrr chez moi ? Si tu ne viens pas, je m'en vais. »

Huit jours, c'est long, mon ami, et, en Afrique ces huit jours-là valaient bien un mois. Je criai : « Oui » et j'ouvris les bras. Elle s'y jeta.

Elle m'attendit, à la nuit, dans une rue voisine, et me guida.

Ils habitaient près du port une petite maison basse. Je traversai d'abord une cuisine où le

59

ménage prenait ses repas, et je pénétrai dans la chambre blanchie à la chaux, propre, avec des photographies de parents le long des murs et des fleurs de papier sous des globes. Marroca semblait folle de joie ; elle sautait, répétant : « Te voilà chez nous, te voilà chez toi. »

J'agis, en effet, comme chez moi.

J'étais un peu gêné, je l'avoue, même inquiet. Comme j'hésitais, dans cette demeure inconnue, à me séparer de certain vêtement sans lequel un homme surpris devient aussi gauche que ridicule, et incapable de toute action, elle me l'arracha de force et l'emporta dans la pièce voisine, avec toutes mes autres hardes.

Je repris enfin mon assurance et je le lui prouvai de tout mon pouvoir, si bien qu'au bout de deux heures nous ne songions guère encore au repos, quand des coups violents frappés soudain contre la porte nous firent tressaillir ; et une voix forte d'homme cria : « Marroca, c'est moi. »

Elle fit un bond : « Mon mari ! Vite, cache-toi sous le lit. » Je cherchais éperdument mon pantalon ; mais elle me poussa, haletante : « Va donc, va donc. »

Je m'étendis à plat ventre et me glissai sans murmurer sous ce lit, sur lequel j'étais si bien.

Alors elle passa dans la cuisine. Je l'entendis ouvrir une armoire, la fermer, puis elle revint, apportant un objet que je n'aperçus pas, mais qu'elle posa vivement quelque part ; et, comme son mari perdait patience, elle répondit d'une voix forte et calme : « Je ne trrrouve pas les allumettes » ; puis soudain : « Les voilà, je t'ouvrrre. » Et elle ouvrit.

L'homme entra. Je ne vis que ses pieds, des pieds énormes. Si le reste se trouvait en proportion, il devait être un colosse.

J'entendis des baisers, une tape sur de la chair nue, un rire ; puis il dit avec un accent marseillais : « Zé oublié ma bourse, té, il a fallu revenir. Autrement, je crois que tu dormais de bon cœur. » Il alla vers la commode, chercha longtemps ce qu'il lui fallait ; puis Marrocca s'étant étendue sur le lit comme accablée de fatigue, il revint à elle, et sans doute il essayait de la caresser, car elle lui envoya, en phrases irritées, une mitraille d'*r* furieux.

Les pieds étaient si près de moi qu'une envie folle, stupide, inexplicable, me saisit de les toucher tout doucement. Je me retins.

Comme il ne réussissait pas en ses projets, il se vexa. « Tu es bien méçante, aujourd'hui », dit-il. Mais il en prit son parti. « Adieu, petite. » Un nouveau baiser sonna ; puis les gros pieds se retournèrent, me firent voir leurs clous en s'éloignant, passèrent dans la pièce voisine ; et la porte de la rue se referma.

J'étais sauvé !

Je sortis lentement de ma retraite, humble et piteux, et tandis que Marroca, toujours nue, dansait une gigue autour de moi en riant aux éclats et battant des mains, je me laissai tomber lourdement sur une chaise. Mais je me relevai d'un bond ; une chose froide gisait sous moi, et comme je n'étais pas plus vêtu que ma complice, le contact m'avait saisi. Je me retournai.

Je venais de m'asseoir sur une petite hachette à fendre le bois, aiguisée comme un couteau. Comment était-elle venue à cette place ? Je ne l'avais pas aperçue en entrant.

Marroca, voyant mon sursaut, étouffait de gaieté, poussait des cris, toussait, les deux mains sur son ventre.

Je trouvai cette joie déplacée, inconvenante. Nous avions joué notre vie stupidement ; j'en avais encore froid dans le dos, et ces rires fous me blessaient un peu.

« Et si ton mari m'avait vu ? » lui demandai-je.

Elle répondit :

« Pas de danger.

— Comment ! pas de danger. Elle est raide celle-là ! Il lui suffisait de se baisser pour me trouver. »

Elle ne riait plus ; elle souriait seulement en me regardant de ses grands yeux fixes, où germaient de nouveaux désirs.

« Il ne se serait pas baissé. »

J'insistai. « Par exemple ! S'il avait seulement laissé tomber son chapeau, il aurait bien fallu le ramasser, alors... j'étais propre, moi, dans ce costume. »

Elle posa sur mes épaules ses bras ronds et vigoureux, et, baissant le ton, comme si elle m'eût dit : « Je t'adorrre », elle murmura : « Alorrrs, il ne se serait pas relevé. »

Je ne comprenais point :

« Pourquoi ça ? »

Elle cligna de l'œil avec malice, allongea sa main vers la chaise où je venais de m'asseoir ; et son doigt tendu, le pli de sa joue, ses lèvres entrouvertes, ses dents pointues, claires et féroces, tout cela me montrait la petite hachette à fendre le bois, dont le tranchant aigu luisait.

Elle fit le geste de la prendre ; puis m'attirant du bras gauche tout contre elle, serrant sa hanche à la mienne, du bras droit elle esquissa le mouvement qui décapite un homme à genoux !...

Et voilà, mon cher, comment on comprend ici les devoirs conjugaux, l'amour et l'hospitalité !

LA BUCHE[1]

Le salon était petit, tout enveloppé de tentures épaisses, et discrètement odorant. Dans une cheminée large, un grand feu flambait ; tandis qu'une seule lampe posée sur le coin de la cheminée versait une lumière molle, ombrée par un abat-jour d'ancienne dentelle, sur les deux personnes qui causaient.

Elle, la maîtresse de la maison, une vieille à cheveux blancs, mais une de ces vieilles adorables dont la peau sans rides est lisse comme un fin papier et parfumée, tout imprégnée de parfums, pénétrée jusqu'à la chair vive par les essences fines dont elle se baigne, depuis si longtemps, l'épiderme : une vieille qui sent, quand on lui baise la main, l'odeur légère qui vous saute à l'odorat lorsqu'on ouvre une boîte de poudre d'iris florentine.

Lui était un ami d'autrefois, resté garçon, un ami de toutes les semaines, un compagnon de voyage dans l'existence. Rien de plus d'ailleurs.

Ils avaient cessé de causer depuis une minute environ, et tous deux regardaient le feu, rêvant à n'importe quoi, en l'un de ces silences amis des gens qui n'ont pas besoin de parler toujours pour se plaire l'un près de l'autre.

Et soudain une grosse bûche, une souche hérissée de racines enflammées, croula. Elle bondit par-dessus les chenets, et, lancée dans le salon, roula sur le tapis en jetant des éclats de feu autour d'elle.

La vieille femme, avec un petit cri, se dressa comme pour fuir, tandis que lui, à coups de botte, rejetait dans la cheminée l'énorme charbon et ratissait de sa semelle toutes les éclaboussures ardentes répandues autour.

Quand le désastre fut réparé, une forte odeur de roussi se répandit ; et l'homme, se rasseyant en face de son amie, la regarda en souriant : « Et voilà, dit-il, en montrant la bûche replacée dans l'âtre, voilà pourquoi je ne me suis jamais marié. »

Elle le considéra, tout étonnée, avec cet œil curieux des femmes qui veulent savoir, cet œil des femmes qui ne sont plus toutes jeunes, où la curiosité est réfléchie, compliquée, souvent malicieuse ; et elle demanda : « Comment ça ? »

Il reprit : « Oh ! c'est toute une histoire, une assez triste et vilaine histoire.

« Mes anciens camarades se sont souvent étonnés du froid survenu tout à coup entre un de mes meilleurs amis, qui s'appelait, de son petit nom, Julien, et moi. Ils ne comprenaient point comment deux intimes, deux inséparables comme nous étions, avaient pu tout à coup devenir presque étrangers l'un à l'autre. Or, voici le secret de notre éloignement.

« Lui et moi, nous habitions ensemble, autrefois. Nous ne nous quittions jamais ; et l'amitié qui nous liait semblait si forte que rien n'aurait pu la briser.

« Un soir, en rentrant, il m'annonça son mariage.

« Je reçus un coup dans la poitrine, comme s'il

m'avait volé ou trahi. Quand un ami se marie, c'est fini, bien fini. L'affection jalouse d'une femme, cette affection ombrageuse, inquiète et charnelle, ne tolère point l'attachement vigoureux et franc, cet attachement d'esprit, de cœur et de confiance qui existe entre deux hommes.

« Voyez-vous, madame, quel que soit l'amour qui les soude l'un à l'autre, l'homme et la femme sont toujours étrangers d'âme, d'intelligence ; ils restent deux belligérants ; ils sont d'une race différente ; il faut qu'il y ait toujours un dompteur et un dompté, un maître et un esclave ; tantôt l'un, tantôt l'autre ; ils ne sont jamais deux égaux. Ils s'étreignent les mains, leurs mains frissonnantes d'ardeur ; ils ne se les serrent jamais d'une large et forte pression loyale, de cette pression qui semble ouvrir les cœurs, les mettre à nu dans un élan de sincère et forte et virile affection. Les sages, au lieu de se marier et de procréer, comme consolation pour les vieux jours, des enfants qui les abandonneront, devraient chercher un bon et solide ami, et vieillir avec lui dans cette communion de pensées qui ne peut exister qu'entre deux hommes.

« Enfin, mon ami Julien se maria. Elle était jolie, sa femme, charmante, une petite blonde frisottée, vive, potelée, qui semblait l'adorer.

« D'abord j'allai peu dans la maison, craignant de gêner leur tendresse, me sentant de trop entre eux. Ils semblaient pourtant m'attirer, m'appeler sans cesse, et m'aimer.

« Peu à peu je me laissai séduire par le charme doux de cette vie commune ; et je dînais souvent chez eux ; et souvent, rentré chez moi la nuit, je songeais à faire comme lui, à prendre une femme, trouvant bien triste à présent ma maison vide.

« Eux, paraissaient se chérir, ne se quittaient point. Or, un soir, Julien m'écrivit de venir dîner.

J'y allai. « Mon bon, dit-il, il va falloir que je
« m'absente, en sortant de table, pour une affaire.
« Je ne serai pas de retour avant onze heures ; mais
« à onze heures précises, je rentrerai. J'ai compté
« sur toi pour tenir compagnie à Berthe. »

« La jeune femme sourit : « C'est moi, d'ailleurs,
« qui ai eu l'idée de vous envoyer chercher »,
reprit-elle.

« Je lui serrai la main : « Vous êtes gentille
« comme tout. » Et je sentis sur mes doigts une
amicale et longue pression. Je n'y pris pas garde ;
on se mit à table ; et, dès huit heures, Julien nous
quittait.

« Aussitôt qu'il fut parti, une sorte de gêne singulière naquit brusquement entre sa femme et moi.
Nous ne nous étions encore jamais trouvés seuls,
et, malgré notre intimité grandissant chaque jour,
le tête-à-tête nous plaçait dans une situation nouvelle. Je parlai d'abord de choses vagues, de ces
choses insignifiantes dont on remplit les silences
embarrassants. Elle ne répondit rien et restait en
face de moi, de l'autre côté de la cheminée, la tête
baissée, le regard indécis, un pied tendu vers la
flamme, comme perdue en une difficile méditation.
Quand je fus à sec d'idées banales, je me tus. C'est
étonnant comme il est difficile quelquefois de trouver des choses à dire. Et puis, je sentais du nouveau
dans l'air, je sentais de l'invisible, un je ne sais quoi
impossible à exprimer, cet avertissement mystérieux qui vous prévient des intentions secrètes,
bonnes ou mauvaises, d'une autre personne à votre
égard.

« Ce pénible silence dura quelque temps. Puis
Berthe me dit : « Mettez donc une bûche au feu,
« mon ami, vous voyez bien qu'il va s'éteindre. »
J'ouvris le coffre à bois, placé juste comme le vôtre,
et je pris une bûche, la plus grosse bûche, que je

plaçai en pyramide sur les autres morceaux de bois aux trois quarts consumés.

« Et le silence recommença.

« Au bout de quelques minutes, la bûche flambait de telle façon qu'elle nous grillait la figure. La jeune femme releva sur moi ses yeux, des yeux qui me parurent étranges. « Il fait trop chaud, « maintenant, dit-elle ; allons donc là-bas, sur le « canapé. »

« Et nous voilà partis sur le canapé.

« Puis tout à coup, me regardant bien en face :

« — Qu'est-ce que vous feriez si une femme vous « disait qu'elle vous aime ? »

« Je répondis, fort interloqué : « Ma foi, le cas « n'est pas prévu, et puis, ça dépendrait de la « femme. »

« Alors, elle se mit à rire, d'un rire sec, nerveux, frémissant, un de ces rires faux qui semblent devoir casser les verres fins, et elle ajouta :

« — Les hommes ne sont jamais audacieux ni « malins. » Elle se tut, puis reprit :

« — Avez-vous quelquefois été amoureux, mon- « sieur Paul ? »

« Je l'avouai : oui, j'avais été amoureux.

« — Racontez-moi ça », dit-elle.

« Je lui racontai une histoire quelconque. Elle m'écoutait attentivement, avec des marques fréquentes d'improbation et de mépris ; et sou- dain :

« — Non, vous n'y entendez rien. Pour que « l'amour fût bon, il faudrait, il me semble, qu'il « bouleversât le cœur, tordît les nerfs et ravageât la « tête ; il faudrait qu'il fût — comment dirai-je ? — « dangereux, terrible même, presque criminel, pres- « que sacrilège, qu'il fût une sorte de trahison ; je « veux dire qu'il a besoin de rompre des obstacles « sacrés, des lois, des liens fraternels ; quand

« l'amour est tranquille, facile, sans périls, légal,
« est-ce bien de l'amour ? »

« Je ne savais plus quoi répondre, et je jetais en
moi-même cette exclamation philosophique : O
cervelle féminine, te voilà bien !

« Elle avait pris, en parlant, un petit air indifférent, sainte nitouche ; et, appuyée sur les coussins,
elle s'était allongée, couchée, la tête contre mon
épaule, la robe un peu relevée, laissant voir un bas
de soie rouge que les éclats du foyer enflammaient
par instants.

« Au bout d'une minute : « Je vous fais peur »,
dit-elle. Je protestai. Elle s'appuya tout à fait contre
ma poitrine et, sans me regarder : « Si je vous
« disais, moi, que je vous aime, que feriez-vous ? »
Et avant que j'eusse pu trouver ma réponse, ses
bras avaient pris mon cou, avaient attiré brusquement ma tête, et ses lèvres joignaient les miennes.

« Ah ! ma chère amie, je vous réponds que je ne
m'amusais pas ! Quoi ! tromper Julien ? devenir
l'amant de cette petite folle perverse et rusée,
effroyablement sensuelle sans doute, à qui son mari
déjà ne suffisait plus ! Trahir sans cesse, tromper
toujours, jouer l'amour pour le seul attrait du fruit
défendu, du danger bravé, de l'amitié trahie ! Non,
cela ne m'allait guère. Mais que faire ? imiter
Joseph ! rôle fort sot et, de plus, fort difficile, car
elle était affolante dans sa perfidie, cette fille, et
enflammée d'audace, et palpitante, et acharnée.
Oh ! que celui qui n'a jamais senti sur sa bouche le
baiser profond d'une femme prête à se donner, me
jette la première pierre...

« ... Enfin, une minute de plus... vous comprenez,
n'est-ce pas ? Une minute de plus et... j'étais... non,
elle était... pardon, c'est lui qui l'était !... ou plutôt
qui l'aurait été, quand voilà qu'un bruit terrible
nous fit bondir.

« La bûche, oui, la bûche, madame, s'élançait dans le salon, renversant la pelle, le garde-feu, roulant comme un ouragan de flamme, incendiant le tapis et se gîtant sous un fauteuil qu'elle allait infailliblement flamber.

« Je me précipitai comme un fou, et pendant que je repoussais dans la cheminée le tison sauveur, la porte brusquement s'ouvrit ! Julien, tout joyeux, rentrait. Il s'écria : « Je suis libre, l'affaire est finie « deux heures plus tôt ! »

« Oui, mon amie, sans la bûche, j'étais pincé en flagrant délit[1]. Et vous apercevez d'ici les conséquences !

« Or, je fis en sorte de n'être plus repris dans une situation pareille, jamais, jamais. Puis je m'aperçus que Julien me battait froid, comme on dit. Sa femme évidemment sapait notre amitié ; et peu à peu il m'éloigna de chez lui ; et nous avons cessé de nous voir.

« Je ne me suis point marié. Cela ne doit plus vous étonner. »

LA RELIQUE[1]

Monsieur l'abbé Louis d'Ennemare, à Soissons

Mon cher abbé,

Voici mon mariage avec ta cousine rompu, et de la façon la plus bête, pour une mauvaise plaisanterie que j'ai faite presque involontairement à ma fiancée.

J'ai recours à toi, mon vieux camarade, dans l'embarras où je me trouve ; car tu peux me tirer d'affaire. Je t'en serai reconnaissant jusqu'à la mort.

Tu connais Gilberte, ou plutôt tu crois la connaître ; mais connaît-on jamais les femmes ? Toutes leurs opinions, leurs croyances, leurs idées sont à surprises. Tout cela est plein de détours, de retours, d'imprévu, de raisonnements insaisissables, de logique à rebours, d'entêtements qui semblent définitifs et qui cèdent parce qu'un petit oiseau est venu se poser sur le bord d'une fenêtre.

Je n'ai pas à t'apprendre que ta cousine est religieuse à l'extrême, élevée par les Dames blanches ou noires de Nancy.

Cela, tu le sais mieux que moi. Ce que tu ignores, sans doute, c'est qu'elle est exaltée en tout comme en dévotion. Sa tête s'envole à la façon d'une feuille cabriolant dans le vent ; et elle est femme, ou plutôt jeune fille, plus qu'aucune autre, tout de

71

suite attendrie ou fâchée, partant au galop pour l'affection comme pour la haine, et revenant de la même façon ; et jolie... comme tu sais ; et charmeuse plus qu'on ne peut dire... et comme tu ne sauras jamais.

Donc, nous étions fiancés ; je l'adorais comme je l'adore encore. Elle semblait m'aimer.

Un soir je reçus une dépêche qui m'appelait à Cologne pour une consultation suivie peut-être d'une opération grave et difficile. Comme je devais partir le lendemain, je courus faire mes adieux à Gilberte et dire pourquoi je ne dînerais point chez mes futurs beaux-parents le mercredi, mais seulement le vendredi, jour de mon retour. Oh ! prends garde aux vendredis : je t'assure qu'ils sont funestes !

Quand je parlai de mon départ, je vis une larme dans ses yeux ; mais quand j'annonçai ma prochaine revenue, elle battit aussitôt des mains et s'écria : « Quel bonheur ! vous me rapporterez quelque chose ; presque rien, un simple souvenir, mais un souvenir choisi pour moi. Il faut découvrir ce qui me fera le plus de plaisir, entendez-vous ? Je verrai si vous avez de l'imagination. »

Elle réfléchit quelques secondes, puis ajouta : « Je vous défends d'y mettre plus de vingt francs. Je veux être touchée par l'intention, par l'invention, monsieur, non par le prix. » Puis, après un nouveau silence, elle dit à mi-voix, les yeux baissés : « Si cela ne vous coûte rien, comme argent, et si c'est bien ingénieux, bien délicat, je vous... je vous embrasserai. »

J'étais à Cologne le lendemain. Il s'agissait d'un accident affreux qui mettait au désespoir une famille entière. Une amputation était urgente. On me logea, on m'enferma presque ; je ne vis que des gens en larmes qui m'assourdissaient ; j'opérai un moribond qui faillit trépasser entre mes mains ; je restai deux nuits près de lui ; puis, quand j'aperçus une chance de salut, je me fis conduire à la gare.

Or je m'étais trompé, j'avais une heure à perdre. J'errais par les rues en songeant encore à mon pauvre malade quand un individu m'aborda.

Je ne sais pas l'allemand ; il ignorait le français ; enfin je compris qu'il me proposait des reliques. Le souvenir de Gilberte me traversa le cœur ; je connaissais sa dévotion fanatique. Voilà mon cadeau trouvé. Je suivis l'homme dans un magasin d'objets de sainteté, et je pris un « bétit morceau d'un os des once mille fierges ».

La prétendue relique était enfermée dans une charmante boîte en vieil argent qui décida mon choix.

Je mis l'objet dans ma poche et je montai dans mon wagon.

En rentrant chez moi, je voulus examiner de nouveau mon achat. Je le pris... La boîte s'était ouverte, la relique était perdue ! J'eus beau fouiller ma poche, la retourner ; le petit os, gros comme la moitié d'une épingle, avait disparu.

Je n'ai, tu le sais, mon cher abbé, qu'une foi moyenne ; tu as la grandeur d'âme, l'amitié, de tolérer ma froideur, et de me laisser libre, attendant l'avenir, dis-tu ; mais je suis absolument incrédule aux reliques des brocanteurs en piété ; et tu partages mes doutes absolus à cet égard. Donc, la perte de cette parcelle de carcasse de mouton ne me désola point ; et je me procurai, sans peine, un fragment analogue que je collai soigneusement dans l'intérieur de mon bijou.

Et j'allai chez ma fiancée.

Dès qu'elle me vit entrer, elle s'élança devant moi, anxieuse et souriante : « Qu'est-ce que vous m'avez rapporté ? »

Je fis semblant d'avoir oublié ; elle ne me crut pas. Je me laissai prier, supplier même ; et, quand je la sentis éperdue de curiosité, je lui offris le saint médaillon. Elle demeura saisie de joie. « Une relique ! Oh ! une relique ! » Et elle baisait passionnément la boîte. J'eus honte de ma supercherie.

Mais une inquiétude l'effleura, qui devint aussitôt une crainte horrible ; et, me fixant au fond des yeux :

« Êtes-vous bien sûr qu'elle soit authentique ?

— Absolument certain.

— Comment cela ? »

J'étais pris. Avouer que j'avais acheté cet ossement à un marchand courant les rues, c'était me perdre. Que dire ? Une idée folle me traversa l'esprit ; je répondis à voix basse, d'un ton mystérieux :

« Je l'ai volée pour vous. »

Elle me contempla avec ses grands yeux émerveillés et ravis. « Oh ! vous l'avez volée. Où ça ? — Dans la cathédrale, dans la châsse même des onze mille vierges. » Son cœur battait ; elle défaillait de bonheur ; elle murmura :

« Oh ! vous avez fait cela... pour moi. Racontez... dites-moi tout ! »

C'était fini, je ne pouvais plus reculer. J'inventai une histoire fantastique avec des détails précis et surprenants. J'avais donné cent francs au gardien de l'édifice pour le visiter seul ; la châsse était en réparation, mais je tombais juste à l'heure du déjeuner des ouvriers et du clergé ; en enlevant un panneau que je recollai ensuite soigneusement, j'avais pu saisir un petit os (oh ! si petit) au milieu d'une quantité d'autres (je dis une quantité en songeant à ce que doivent produire les débris de onze mille squelettes de vierges). Puis je m'étais rendu chez un orfèvre et j'avais acheté un bijou digne de la relique.

Je n'étais pas fâché de lui faire savoir que le médaillon m'avait coûté cinq cents francs.

Mais elle ne songeait guère à cela ; elle m'écoutait frémissante, en extase. Elle murmura : « Comme je vous aime ! » et se laissa tomber dans mes bras.

Remarque ceci : J'avais commis pour elle un sacrilège. J'avais volé ; j'avais violé une église, violé une châsse ; violé et volé des reliques sacrées. Elle m'adorait pour cela ; me trouvait tendre, parfait, divin. Telle est la femme, mon cher abbé, toute la femme.

Pendant deux mois, je fus le plus admirable des fiancés. Elle avait organisé dans sa chambre une sorte de chapelle magnifique pour y placer cette parcelle de côtelette qui m'avait fait accomplir, croyait-elle, ce divin crime d'amour ; et elle s'exaltait là, devant, soir et matin.

Je l'avais priée du secret, par crainte, disais-je, de me voir arrêté, condamné, livré à l'Allemagne. Elle m'avait tenu parole.

Or, voilà qu'au commencement de l'été, un désir fou lui vint de voir le lieu de mon exploit. Elle pria tant et si bien son père (sans lui avouer sa raison secrète) qu'il l'emmena à Cologne en me cachant cette excursion, selon le désir de sa fille.

Je n'ai pas besoin de te dire que je n'ai pas vu la cathédrale de l'intérieur. J'ignore où est le tombeau (s'il y a tombeau ?) des onze mille vierges. Il paraît que ce sépulcre est inabordable, hélas !

Je reçus, huit jours après, dix lignes me rendant ma parole ; plus une lettre explicative du père, confident tardif.

A l'aspect de la châsse, elle avait compris soudain ma supercherie, mon mensonge et, en même temps, ma réelle innocence. Ayant demandé au gardien des reliques si aucun vol n'avait été commis, l'homme s'était mis à rire en démontrant l'impossibilité d'un semblable attentat.

Mais du moment que je n'avais pas fracturé un lieu sacré et plongé ma main profane au milieu de restes vénérables, je n'étais plus digne de ma blonde et délicate fiancée.

On me défendit l'entrée de la maison. J'eus beau prier, supplier, rien ne put attendrir la belle dévote.

Je fus malade de chagrin.

Or, la semaine dernière, sa cousine, qui est aussi la tienne, Mme d'Arville, me fit prier de la venir trouver.

Voici les conditions de mon pardon. Il faut que j'apporte une relique, une vraie, authentique, certifiée par Notre Saint-Père le Pape, d'une vierge et martyre quelconque.

Je deviens fou d'embarras et d'inquiétude.

J'irai à Rome s'il le faut. Mais je ne puis me présenter au Pape à l'improviste et lui raconter ma sotte aventure. Et puis je doute qu'on confie aux particuliers des reliques véritables.

Ne pourrais-tu me recommander à quelque monsignor, ou seulement à quelque prélat français, propriétaire de fragments d'une sainte ? Toi-même, n'aurais-tu pas en tes collections le précieux objet réclamé ?

Sauve-moi, mon cher abbé, et je te promets de me convertir dix ans plus tôt !

Mme d'Arville, qui prend la chose au sérieux, m'a dit : « Cette pauvre Gilberte ne se mariera jamais. »

Mon bon camarade, laisseras-tu ta cousine mourir victime d'une stupide fumisterie ? Je t'en supplie, fais qu'elle ne soit pas la onze mille et unième.

Pardonne, je suis indigne ; mais je t'embrasse et je t'aime de tout cœur.

Ton vieil ami,

HENRI PORTAL.

LE LIT[1]

Par un torride après-midi du dernier été, le vaste
hôtel des Ventes semblait endormi, et les commis-
saires priseurs adjugeaient d'une voix mourante.
Dans une salle du fond, au premier étage, un lot
d'anciennes soieries d'église gisait en un coin.

C'étaient des chapes solennelles et de gracieuses
chasubles où des guirlandes brodées s'enroulaient
autour des lettres symboliques sur un fond de soie
un peu jaunie, devenue crémeuse, de blanche
qu'elle fut jadis.

Quelques revendeurs attendaient, deux ou trois
hommes à barbes sales et une grosse femme ven-
true, une de ces marchandes dites *à la toilette*,
conseillères et protectrices d'amours prohibées, qui
brocantent sur la chair humaine jeune et vieille
autant que sur les jeunes et vieilles nippes.

Soudain, on mit en vente une mignonne chasuble
Louis XV, jolie comme une robe de marquise,
restée fraîche avec une procession de muguets
autour de la croix, de longs iris bleus montant
jusqu'aux pieds de l'emblème sacré et, dans les
coins, des couronnes de roses. Quand je l'eus achetée, je m'aperçus qu'elle était demeurée vaguement

odorante, comme pénétrée d'un reste d'encens, ou plutôt comme habitée encore par ces si légères et si douces senteurs d'autrefois qui semblent des souvenirs de parfums, l'âme des essences évaporées.

Quand je l'eus chez moi, j'en voulus couvrir une petite chaise de la même époque charmante ; et, la maniant pour prendre les mesures, je sentis sous mes doigts se froisser des papiers. Ayant fendu la doublure, quelques lettres tombèrent à mes pieds. Elles étaient jaunies ; et l'encre effacée semblait de la rouille. Une main fine avait tracé sur une face de la feuille pliée à la mode ancienne : « A monsieur, monsieur l'abbé d'Argencé. »

Les trois premières lettres fixaient simplement des rendez-vous. Et voici la quatrième :

« Mon ami, je suis malade, toute souffrante, et je ne quitte pas mon lit. La pluie bat mes vitres, et je reste chaudement, mollement rêveuse, dans la tiédeur des duvets. J'ai un livre, un livre que j'aime et qui me semble fait avec un peu de moi. Vous dirai-je lequel ? Non. Vous me gronderiez. Puis, quand j'ai lu, je songe, et je veux vous dire à quoi.

« On a mis derrière ma tête des oreillers qui me tiennent assise, et je vous écris sur ce mignon pupitre que j'ai reçu de vous.

« Étant depuis trois jours en mon lit, c'est à mon lit que je pense, et même dans le sommeil j'y médite encore.

« Le lit, mon ami, c'est toute notre vie. C'est là qu'on naît, c'est là qu'on aime, c'est là qu'on meurt.

« Si j'avais la plume de M. de Crébillon[1], j'écrirais l'histoire d'un lit. Et que d'aventures émouvantes, terribles, aussi que d'aventures gracieuses, aussi que d'autres attendrissantes ! Que d'enseignements n'en pourrait-on pas tirer, et de moralités pour tout le monde.

« Vous connaissez mon lit, mon ami. Vous ne vous figurez jamais que de choses j'y ai découvertes depuis trois jours, et comme je l'aime davantage. Il me semble habité, hanté, dirai-je, par un tas de gens que je ne soupçonnais point et qui cependant ont laissé quelque chose d'eux en cette couche.

« Oh ! comme je ne comprends pas ceux qui achètent des lits nouveaux, des lits sans mémoires. Le mien, le nôtre, si vieux, si usé et si spacieux, a dû contenir bien des existences, de la naissance au tombeau. Songez-y, mon ami ; songez à tout, revoyez des vies entières entre ces quatre colonnes, sous ce tapis à personnages tendu sur nos têtes, qui a regardé tant de choses. Qu'a-t-il vu depuis trois siècles qu'il est là ?

« Voici une jeune femme étendue. De temps en temps elle pousse un soupir, puis elle gémit ; et les vieux parents l'entourent ; et voilà que d'elle sort un petit être miaulant comme un chat, et crispé, tout ridé. C'est un homme qui commence. Elle, la jeune mère, se sent douloureusement joyeuse ; elle étouffe de bonheur à ce premier cri, et tend les bras et suffoque et, autour, on pleure avec délices ; car ce petit morceau de créature vivante séparé d'elle, c'est la famille continuée, la prolongation du sang, du cœur et de l'âme des vieux qui regardent, tout tremblants.

« Puis voici que pour la première fois deux amants se trouvent chair à chair dans ce tabernacle de la vie. Ils tremblent, mais transportés d'allégresse, ils se sentent délicieusement l'un près de l'autre ; et, peu à peu, leurs bouches s'approchent. Ce baiser divin les confond, ce baiser, porte du ciel terrestre, ce baiser qui chante les délices humaines, qui les promet toujours, les annonce et les devance. Et leur lit s'émeut comme une mer soulevée, ploie et murmure, semble lui-même animé, joyeux, car sur lui le délirant mystère d'amour s'accomplit. Quoi de plus suave, de plus parfait en ce monde que ces étreintes faisant de deux êtres un seul, et donnant à chacun, dans le même moment, la même pensée, la même attente et la même joie éperdue qui descend en eux comme un feu dévorant et céleste ?

« Vous rappelez-vous ces vers que vous m'avez lus, l'autre année, dans quelque poète antique, je ne sais lequel, peut-être le doux Ronsard ?

> Et quand au lit nous serons
> Entrelacés, nous ferons
> Les lascifs, selon les guises
> Des amants qui librement
> Pratiquent folâtrement
> Sous les draps cent mignardises[1].

« Ces vers-là, je les voudrais avoir brodés en ce plafond de mon lit, d'où Pyrame et Thisbé me regardent sans fin avec leurs yeux de tapisserie.

« Et songez à la mort, mon ami, à tous ceux qui ont exhalé vers Dieu leur dernier souffle en ce lit. Car il est aussi le tombeau des espérances finies, la porte qui ferme tout après avoir été celle qui ouvre le monde. Que de cris, que d'angoisses, de souffrances, de désespoirs épouvantables, de gémissements d'agonie, de bras tendus vers les choses passées, d'appels aux bonheurs terminés à jamais ; que de convulsions, de râles, de grimaces, de bouches tordues, d'yeux retournés, dans ce lit, où je vous écris, depuis trois siècles qu'il prête aux hommes son abri !

« Le lit, songez-y, c'est le symbole de la vie ; je me

suis aperçue de cela depuis trois jours. Rien n'est excellent hors du lit.

« Le sommeil n'est-il pas encore un de nos instants les meilleurs ?

« Mais c'est là aussi qu'on souffre ! Il est le refuge des malades, un lieu de douleur aux corps épuisés.

« Le lit, c'est l'homme. Notre-Seigneur Jésus, pour prouver qu'il n'avait rien d'humain, ne semble pas avoir jamais eu besoin d'un lit. Il est né sur la paille et mort sur la croix, laissant aux créatures comme nous leur couche de mollesse et de repos.

« Que d'autres choses me sont encore venues ! mais je n'ai le temps de vous les marquer, et puis me les rappellerais-je toutes ? et puis je suis déjà tant fatiguée que je vais retirer mes oreillers, m'étendre tout au long et dormir quelque peu.

« Venez me voir demain à trois heures ; peut-être serai-je mieux et vous le pourrai-je montrer.

Adieu, mon ami ; voici mes mains pour que vous les baisiez, et je vous tends aussi mes lèvres. »

FOU ?[1]

Suis-je fou ? ou seulement jaloux ? Je n'en sais rien, mais j'ai souffert horriblement. J'ai accompli un acte de folie, de folie furieuse, c'est vrai ; mais la jalousie haletante, mais l'amour exalté, trahi, condamné, mais la douleur abominable que j'endure, tout cela ne suffit-il pas pour nous faire commettre des crimes et des folies sans être vraiment criminel par le cœur ou par le cerveau ?

Oh ! j'ai souffert, souffert, souffert d'une façon continue, aiguë, épouvantable. J'ai aimé cette femme d'un élan frénétique... Et cependant est-ce vrai ? L'ai-je aimée ? Non, non, non. Elle m'a possédé âme et corps, envahi, lié. J'ai été, je suis sa chose, son jouet. J'appartiens à son sourire, à sa bouche, à son regard, aux lignes de son corps, à la forme de son visage ; je halète sous la domination de son apparence extérieure ; mais Elle, la femme de tout cela, l'être de ce corps, je la hais, je la méprise, je l'exècre, je l'ai toujours haïe, méprisée, exécrée ; car elle est perfide, bestiale, immonde, impure ; elle est la *femme de perdition*, l'animal sensuel et faux chez qui l'âme n'est point, chez qui la pensée ne circule jamais comme un air libre et

vivifiant, elle est la bête humaine ; moins que cela :
elle n'est qu'un flanc, une merveille de chair douce
et ronde qu'habite l'Infamie.

Les premiers temps de notre liaison furent étranges et délicieux. Entre ses bras toujours ouverts, je
m'épuisais dans une rage d'inassouvissable désir.
Ses yeux, comme s'ils m'eussent donné soif, me
faisaient ouvrir la bouche. Ils étaient gris à midi,
teintés de vert à la tombée du jour, et bleus au
soleil levant. Je ne suis pas fou ; je jure qu'ils
avaient ces trois couleurs.

Aux heures d'amour ils étaient bleus, comme
meurtris, avec des pupilles énormes et nerveuses.
Ses lèvres, remuées d'un tremblement, laissaient
jaillir parfois la pointe rose et mouillée de sa
langue, qui palpitait comme celle d'un reptile ; et
ses paupières lourdes se relevaient lentement,
découvrant ce regard ardent et anéanti qui m'affo-
lait.

En l'étreignant dans mes bras je regardais son
œil et je frémissais, secoué tout autant par le
besoin de tuer cette bête que par la nécessité de la
posséder sans cesse.

Quand elle marchait à travers ma chambre, le
bruit de chacun de ses pas faisait une commotion
dans mon cœur ; et quand elle commençait à se
dévêtir, laissant tomber sa robe, et sortant, infâme
et radieuse, du linge qui s'écrasait autour d'elle, je
sentais tout le long de mes membres, le long des
bras, le long des jambes, dans ma poitrine essoufflée, une défaillance infinie et lâche.

Un jour, je m'aperçus qu'elle était lasse de moi. Je
le vis dans son œil, au réveil. Penché sur elle,
j'attendais chaque matin ce premier regard. Je
l'attendais, plein de rage, de haine, de mépris pour
cette brute endormie dont j'étais l'esclave. Mais
quand le bleu pâle de sa prunelle, ce bleu liquide

comme de l'eau, se découvrait, encore languissant, encore fatigué, encore malade des récentes caresses, c'était comme une flamme rapide qui me brûlait, exaspérant mes ardeurs. Ce jour-là, quand s'ouvrit sa paupière, j'aperçus un regard indifférent et morne qui ne désirait plus rien.

Oh! je le vis, je le sus, je le sentis, je le compris tout de suite. C'était fini, fini, pour toujours. Et j'en eus la preuve à chaque heure, à chaque seconde.

Quand je l'appelais des bras et des lèvres, elle se retournait ennuyée, murmurant : « Laissez-moi donc! » ou bien : « Vous êtes odieux! » ou bien : « Ne serai-je jamais tranquille! »

Alors, je fus jaloux, mais jaloux comme un chien et rusé, défiant, dissimulé. Je savais bien qu'elle recommencerait bientôt, qu'un autre viendrait pour rallumer ses sens.

Je fus jaloux avec frénésie ; mais je ne suis pas fou ; non, certes, non.

J'attendis ; oh! j'épiais ; elle ne m'aurait pas trompé ; mais elle restait froide, endormie. Elle disait parfois : « Les hommes me dégoûtent. » Et c'était vrai.

Alors je fus jaloux d'elle-même ; jaloux de son indifférence, jaloux de la solitude de ses nuits ; jaloux de ses gestes, de sa pensée que je sentais toujours infâme, jaloux de tout ce que je devinais. Et quand elle avait parfois, à son lever, ce regard mou qui suivait jadis nos nuits ardentes, comme si quelque concupiscence avait hanté son âme et remué ses désirs, il me venait des suffocations de colère, des tremblements d'indignation, des démangeaisons de l'étrangler, de l'abattre sous mon genou et de lui faire avouer, en lui serrant la gorge, tous les secrets honteux de son cœur.

Suis-je fou ? — Non.

Voilà qu'un soir je la sentis heureuse. Je sentis qu'une passion nouvelle vibrait en elle. J'en étais sûr, indubitablement sûr. Elle palpitait comme après mes étreintes ; son œil flambait, ses mains étaient chaudes, toute sa personne vibrante dégageait cette vapeur d'amour d'où mon affolement était venu.

Je feignis de ne rien comprendre, mais mon attention l'enveloppait comme un filet.

Je ne découvrais rien, pourtant.

J'attendis une semaine, un mois, une saison. Elle s'épanouissait dans l'éclosion d'une incompréhensible ardeur ; elle s'apaisait dans le bonheur d'une insaisissable caresse.

Et, tout à coup, je devinai ! Je ne suis pas fou. Je le jure, je ne suis pas fou !

Comment dire cela ? Comment me faire comprendre ? Comment exprimer cette abominable et incompréhensible chose ?

Voici de quelle manière je fus averti.

Un soir, je vous l'ai dit, un soir, comme elle rentrait d'une longue promenade à cheval, elle tomba, les pommettes rouges, la poitrine battante, les jambes cassées, les yeux meurtris, sur une chaise basse, en face de moi. Je l'avais vue comme cela ! Elle aimait ! Je ne pouvais m'y tromper !

Alors, perdant la tête, pour ne plus la contempler, je me tournai vers la fenêtre, et j'aperçus un valet emmenant par la bride vers l'écurie son grand cheval qui se cabrait.

Elle aussi suivait de l'œil l'animal ardent et bondissant. Puis, quand il eut disparu, elle s'endormit tout à coup.

Je songeai toute la nuit ; et il me sembla pénétrer des mystères que je n'avais jamais soupçonnés. Qui sondera jamais les perversions de la sensualité des femmes ? Qui comprendra leurs invraisemblables caprices et l'assouvissement étrange des plus étranges fantaisies ?

Chaque matin, dès l'aurore, elle partait au galop par les plaines et les bois ; et chaque fois, elle rentrait alanguie, comme après des frénésies d'amour.

J'avais compris ! j'étais jaloux maintenant du cheval nerveux et galopant ; jaloux du vent qui caressait son visage quand elle allait d'une course folle ; jaloux des feuilles qui baisaient, en passant, ses oreilles ; des gouttes de soleil qui lui tombaient sur le front à travers les branches ; jaloux de la selle qui la portait et qu'elle étreignait de sa cuisse.

C'était tout cela qui la faisait heureuse, qui l'exaltait, l'assouvissait, l'épuisait et me la rendait ensuite insensible et presque pâmée.

Je résolus de me venger. Je fus doux et plein d'attentions pour elle. Je lui tendais la main quand elle allait sauter à terre après ses courses effrénées. L'animal furieux ruait vers moi ; elle le flattait sur son cou recourbé, l'embrassait sur les naseaux frémissants sans essuyer ensuite ses lèvres ; et le parfum de son corps en sueur, comme après la tiédeur du lit, se mêlait sous ma narine à l'odeur âcre et fauve de la bête.

J'attendis mon jour et mon heure. Elle passait chaque matin par le même sentier, dans un petit bois de bouleaux qui s'enfonçait vers la forêt.

Je sortis avant l'aurore, avec une corde dans la main et mes pistolets cachés sur ma poitrine, comme si j'allais me battre en duel.

Je courus vers le chemin qu'elle aimait ; je tendis la corde entre deux arbres ; puis je me cachai dans les herbes.

J'avais l'oreille contre le sol ; j'entendis son galop lointain ; puis je l'aperçus là-bas, sous les feuilles comme au bout d'une voûte, arrivant à fond de train. Oh ! je ne m'étais pas trompé, c'était cela ! Elle semblait transportée d'allégresse, le sang aux joues, de la folie dans le regard ; et le mouvement précipité de sa course faisait vibrer ses nerfs d'une jouissance solitaire et furieuse.

L'animal heurta mon piège des deux jambes de devant, et roula, les os cassés. Elle ! je la reçus dans mes bras. Je suis fort à porter un bœuf. Puis, quand je l'eus déposée à terre, je m'approchai de Lui qui nous regardait ; alors, pendant qu'il essayait de me mordre encore, je lui mis un pistolet dans l'oreille... et je le tuai... comme un homme.

Mais je tombai moi-même, la figure coupée par deux coups de cravache ; et comme elle se ruait de nouveau sur moi, je lui tirai mon autre balle dans le ventre.

Dites-moi, suis-je fou ?

RÉVEIL[1]

Depuis trois ans qu'elle était mariée, elle n'avait point quitté le val de Ciré, où son mari possédait deux filatures. Elle vivait tranquille, sans enfants, heureuse dans sa maison cachée sous les arbres, et que les ouvriers appelaient « le château ».

M. Vasseur, bien plus vieux qu'elle, était bon. Elle l'aimait ; et jamais une pensée coupable n'avait pénétré dans son cœur. Sa mère venait passer tous les étés à Ciré, puis retournait s'installer à Paris pour l'hiver, dès que les feuilles commençaient à tomber.

Chaque automne Jeanne toussait un peu. La vallée étroite où serpentait la rivière s'embrumait alors pendant cinq mois. Des brouillards légers flottaient d'abord sur les prairies, rendant tous les fonds pareils à un grand étang d'où émergeaient les toits des maisons. Puis cette nuée blanche, montant comme une marée, enveloppait tout, faisait de ce vallon un pays de fantômes où les hommes glissaient comme des ombres sans se connaître à dix pas. Les arbres, drapés de vapeurs, se dressaient, moisis dans cette humidité.

Mais les gens qui passaient sur les côtes voisines,

et qui regardaient le trou blanc de la vallée, voyaient surgir au-dessus des brumes accumulées au niveau des collines, les deux cheminées géantes des établissements de M. Vasseur, qui vomissaient nuit et jour à travers le ciel deux serpents de fumée noire.

Cela seul indiquait qu'on vivait dans ce creux qui semblait rempli d'un nuage de coton.

Or, cette année-là, quand revint octobre, le médecin conseilla à la jeune femme d'aller passer l'hiver à Paris chez sa mère, l'air du vallon devenant dangereux pour sa poitrine.

Elle partit.

Pendant les premiers mois elle pensa sans cesse à la maison abandonnée où s'étaient enracinées ses habitudes, dont elle aimait les meubles familiers et l'allure tranquille. Puis elle s'accoutuma à sa vie nouvelle et prit goût aux fêtes, aux dîners, aux soirées, à la danse.

Elle avait conservé jusque-là ses manières de jeune fille, quelque chose d'indécis et d'endormi, une marche un peu traînante, un sourire un peu las. Elle devint vive, gaie, toujours prête aux plaisirs. Des hommes lui firent la cour. Elle s'amusait de leurs bavardages, jouait avec leurs galanteries, sûre de sa résistance, un peu dégoûtée de l'amour par ce qu'elle en avait appris dans le mariage.

La pensée de livrer son corps aux grossières caresses de ces êtres barbus la faisait rire de pitié et frissonner un peu de répugnance. Elle se demandait avec stupeur comment des femmes pouvaient consentir à ces contacts dégradants avec des étrangers, alors qu'elles y étaient déjà contraintes avec l'époux légitime. Elle eût aimé plus tendrement son mari s'ils avaient vécu comme deux amis, s'en tenant aux chastes baisers qui sont les caresses des âmes.

Mais elle s'amusait beaucoup des compliments, des désirs apparus dans les yeux et qu'elle ne partageait point, des attaques directes, des déclarations jetées dans l'oreille quand on repassait au salon après les fins dîners, des paroles balbutiées si bas qu'il les fallait presque deviner, et qui lui laissaient la chair froide, le cœur tranquille, tout en chatouillant sa coquetterie inconsciente, en allumant au fond d'elle une flamme de contentement, en faisant s'épanouir sa lèvre, briller son regard, frissonner son âme de femme à qui les adorations sont dues.

Elle aimait ces tête-à-tête des soirs tombants, au coin du feu, dans le salon déjà sombre, alors que l'homme devient pressant, balbutie, tremble et tombe à genoux. C'était pour elle une joie exquise et nouvelle de sentir cette passion qui ne l'effleurait pas, de dire non de la tête et des lèvres, de retirer ses mains, de se lever, et de sonner avec sang-froid pour demander les lampes, et de voir se redresser confus et rageant, en entendant venir le valet, celui qui tremblait à ses pieds.

Elle avait des rires secs qui glaçaient les paroles brûlantes, des mots durs tombant comme un jet d'eau glacée sur les protestations ardentes, des intonations à faire se tuer celui qui l'eût adorée éperdument.

Deux jeunes gens surtout la poursuivaient avec obstination. Ils ne se ressemblaient guère.

L'un, M. Paul Péronel, était un grand garçon mondain, galant et hardi, homme à bonnes fortunes, qui savait attendre et choisir ses heures.

L'autre, M. d'Avancelle, frémissait en l'approchant, osait à peine laisser deviner sa tendresse, mais la suivait comme son ombre, disant son désir désespéré par des regards éperdus et par l'assiduité de sa présence auprès d'elle.

Elle appelait le premier le « Capitaine Fracasse » et le second « Mouton fidèle » ; elle finit par faire de celui-ci une sorte d'esclave attaché à ses pas, dont elle usait comme d'un domestique.

Elle eût bien ri si on lui eût dit qu'elle l'aimerait.

Elle l'aima pourtant d'une singulière façon. Comme elle le voyait sans cesse, elle avait pris l'habitude de sa voix, de ses gestes, de toute l'allure de sa personne, comme on prend l'habitude de ceux près de qui on vit continuellement.

Bien souvent en ses rêves son visage la hantait : elle le revoyait tel qu'il était dans la vie, doux, délicat, humblement passionné ; et elle s'éveillait obsédée du souvenir de ces songes, croyant l'entendre encore, et le sentir près d'elle. Or, une nuit (elle avait la fièvre peut-être), elle se vit seule avec lui, dans un petit bois, assis tous deux sur l'herbe.

Il lui disait des choses charmantes en lui pressant les mains et les baisant. Elle sentait la chaleur de sa peau et le souffle de son haleine ; et, d'une façon naturelle, elle lui caressait les cheveux.

On est, dans le rêve, tout autre que dans la vie. Elle se sentait pleine de tendresse pour lui, d'une tendresse calme et profonde, heureuse de toucher son front et de le tenir contre elle.

Peu à peu il l'enlaçait de ses bras, lui baisait les joues et les yeux sans qu'elle fît rien pour lui échapper, et leurs lèvres se rencontrèrent. Elle s'abandonna.

Ce fut (la réalité n'a pas de ces extases), ce fut une seconde d'un bonheur suraigu et surhumain, idéal et charnel, affolant, inoubliable.

Elle s'éveilla, vibrante, éperdue, et ne put se rendormir, tant elle se sentait obsédée, possédée toujours par lui.

Et quand elle le revit, ignorant du trouble qu'il

avait produit, elle se sentir rougir ; et pendant qu'il lui parlait timidement de son amour, elle se rappelait sans cesse, sans pouvoir rejeter cette pensée, elle se rappelait l'enlacement délicieux de son rêve.

Elle l'aima, elle l'aima d'une étrange tendresse, raffinée et sensuelle, faite surtout du souvenir de ce songe, bien qu'elle redoutât l'accomplissement du désir qui s'était éveillé dans son âme.

Il s'en aperçut enfin. Et elle lui dit tout, jusqu'à la peur qu'elle avait de ses baisers. Elle lui fit jurer qu'il la respecterait.

Il la respecta. Ils passaient ensemble de longues heures d'amour exalté, où les âmes seules s'étreignaient. Et ils se séparaient ensuite énervés, défaillants, enfiévrés.

Leurs lèvres parfois se joignaient ; et, fermant les yeux, ils savouraient cette caresse longue, mais chaste quand même.

Elle comprit qu'elle ne résisterait plus longtemps ; et, comme elle ne voulait pas faillir, elle écrivit à son mari qu'elle désirait retourner près de lui et reprendre sa vie tranquille et solitaire.

Il répondit une lettre excellente, en la dissuadant de revenir en plein hiver, de s'exposer à ce brusque dépaysement, aux brumes glaciales de la vallée.

Elle fut atterrée et indignée contre cet homme confiant, qui ne comprenait pas, qui ne devinait pas les luttes de son cœur.

Février était clair et doux, et bien qu'elle évitât maintenant de se trouver longtemps seule avec « Mouton fidèle », elle acceptait parfois de faire en voiture, avec lui, une promenade autour du lac, au crépuscule.

On eût dit ce soir-là que toutes les sèves s'éveillaient, tant les souffles de l'air étaient tièdes. Le petit coupé allait au pas ; la nuit tombait ; ils se tenaient les mains, serrés l'un contre l'autre. Elle se disait : « C'est fini, c'est fini, je suis perdue », sentant en elle un soulèvement de désirs, l'impérieux besoin de cette suprême étreinte qu'elle avait ressentie si complète en un rêve. Leurs bouches à tout instant se cherchaient, s'attachaient l'une à l'autre, et se repoussaient pour se retrouver aussitôt.

Il n'osa pas la reconduire chez elle, et la laissa sur sa porte, affolée et défaillante.

M. Paul Péronel l'attendait dans le petit salon sans lumière.

En lui touchant la main, il sentit qu'une fièvre la brûlait. Il se mit à causer à mi-voix, tendre et galant, berçant cette âme épuisée au charme de paroles amoureuses. Elle l'écoutait sans répondre, pensant à l'autre, croyant entendre l'autre, croyant le sentir contre elle dans une sorte d'hallucination. Elle ne voyait que lui, ne se rappelait plus qu'il existait un autre homme au monde ; et quand son oreille tressaillait à ces trois syllabes : « Je vous aime » c'était lui, l'autre qui les disait, qui baisait ses doigts, c'était lui qui serrait sa poitrine comme tout à l'heure dans le coupé, c'était lui qui jetait sur ses lèvres ces caresses victorieuses, c'était lui qu'elle étreignait, qu'elle enlaçait, qu'elle appelait de tout l'élan de son cœur, de toute l'ardeur exaspérée de son corps.

Quand elle s'éveilla de ce songe, elle poussa un cri épouvantable.

Le « Capitaine Fracasse », à genoux près d'elle, la remerciait passionnément en couvrant de baisers ses cheveux dénoués. Elle cria : « Allez-vous-en, allez-vous-en, allez-vous-en. »

Et comme il ne comprenait pas et cherchait à ressaisir sa taille, elle se tordit en bégayant : « Vous êtes infâme, je vous hais, vous m'avez volée, allez-vous-en. »

Il se releva, abasourdi, prit son chapeau et s'en alla.

Le lendemain, elle retournait au val de Ciré. Son mari, surpris, lui reprocha ce coup de tête. « Je ne pouvais plus vivre loin de toi », dit-elle.

Il la trouva changée de caractère, plus triste qu'autrefois ; et quand il lui demandait : « Qu'as-tu donc ? Tu sembles malheureuse. Que désires-tu ? » Elle répondait : « Rien. Il n'y a que les rêves de bons dans la vie. »

« Mouton fidèle » vint la voir l'été suivant.

Elle le reçut sans trouble et sans regrets, comprenant soudain qu'elle ne l'avait jamais aimé qu'en un songe dont Paul Péronel l'avait brutalement réveillée.

Mais le jeune homme, qui l'adorait toujours, pensait en s'en retournant : « Les femmes sont vraiment bien bizarres, compliquées et inexplicables. »

UNE RUSE[1]

Ils bavardaient au coin du feu, le vieux médecin et la jeune malade. Elle n'était qu'un peu souffrante de ces malaises féminins qu'ont souvent les jolies femmes : un peu d'anémie, des nerfs, et un soupçon de fatigue, de cette fatigue qu'éprouvent parfois les nouveaux époux à la fin du premier mois d'union, quand ils ont fait un mariage d'amour.

Elle était étendue sur sa chaise longue et causait. « Non, docteur, je ne comprendrai jamais qu'une femme trompe son mari. J'admets même qu'elle ne l'aime pas, qu'elle ne tienne aucun compte de ses promesses, de ses serments ! Mais comment oser se donner à un autre homme ? Comment cacher cela aux yeux de tous ? Comment pouvoir aimer dans le mensonge et dans la trahison ? »

Le médecin souriait.

« Quant à cela, c'est facile. Je vous assure qu'on ne réfléchit guère à toutes ces subtilités quand l'envie vous prend de faillir. Je suis même certain qu'une femme n'est mûre pour l'amour vrai qu'après avoir passé par toutes les promiscuités et tous les dégoûts du mariage, qui n'est, suivant un homme illustre, qu'un échange de mauvaises humeurs pendant le jour et de mauvaises odeurs pendant la nuit[1]. Rien de plus vrai. Une femme ne peut aimer passionnément qu'après avoir été mariée. Si je la pouvais comparer à une maison, je dirais qu'elle n'est habitable que lorsqu'un mari a essuyé les plâtres.

« Quant à la dissimulation, toutes les femmes en ont à revendre en ces occasions-là. Les plus simples sont merveilleuses et se tirent avec génie des cas les plus difficiles. »

Mais la jeune femme semblait incrédule...

« Non, docteur, on ne s'avise jamais qu'après coup de ce qu'on aurait dû faire dans les occasions périlleuses ; et les femmes sont certes encore plus disposées que les hommes à perdre la tête. »

Le médecin leva les bras.

« Après coup, dites-vous ! Nous autres, nous n'avons l'inspiration qu'après coup. Mais vous !... Tenez, je vais vous raconter une petite histoire arrivée à une de mes clientes à qui j'aurais donné le bon Dieu sans confession, comme on dit.

« Ceci s'est passé dans une ville de province.

« Un soir, comme je dormais profondément de ce pesant premier sommeil si difficile à troubler, il me sembla, dans un rêve obscur, que les cloches de la ville sonnaient au feu.

« Tout à coup je m'éveillai : c'était ma sonnette, celle de la rue, qui tintait désespérément. Comme mon domestique ne semblait point répondre, j'agitai à mon tour le cordon pendu dans mon lit, et bientôt des portes battirent, des pas troublèrent le silence de la maison dormante ; puis Jean parut, tenant une lettre qui disait : « Mme Lelièvre prie « avec instance M. le docteur Siméon de passer « chez elle immédiatement. »

« Je réfléchis quelques secondes ; je pensais : Crise de nerfs, vapeurs, tralala, je suis trop fatigué.

Et je répondis : « Le docteur Siméon, fort souffrant,
« prie Mme Lelièvre de vouloir bien appeler son
« confrère M. Bonnet. »

« Puis, je donnai le billet sous enveloppe et je me
rendormis.

« Une demi-heure plus tard environ, la sonnette
de la rue appela de nouveau, et Jean vint me dire :
« C'est quelqu'un, un homme ou une femme (je ne
« sais pas au juste, tant il est caché) qui voudrait
« parler bien vite à monsieur. Il dit qu'il y a de la
« vie de deux personnes. »

« Je me dressai. « Faites entrer. »

« J'attendis, assis dans mon lit.

« Une espèce de fantôme noir apparut et, dès que
Jean fut sorti, se découvrit. C'était Mme Berthe
Lelièvre, une toute jeune femme, mariée depuis
trois ans avec un gros commerçant de la ville qui
passait pour avoir épousé la plus jolie personne de
la province.

« Elle était horriblement pâle, avec ces crispa-
tions de visage des gens affolés ; et ses mains
tremblaient ; deux fois elle essaya de parler sans
qu'un son pût sortir de sa bouche. Enfin, elle
balbutia : « Vite, vite... vite... Docteur... Venez. Mon...
« mon amant est mort dans ma chambre... »

« Elle s'arrêta suffoquant, puis reprit : « Mon
« mari va... va rentrer du cercle... »

« Je sautai sur mes pieds, sans même songer que
j'étais en chemise, et je m'habillai en quelques
secondes. Puis je demandai : « C'est vous-même qui
« êtes venue tout à l'heure ? » Elle, debout comme
une statue, pétrifiée par l'angoisse, murmura :
« Non..., c'est ma bonne... elle sait... » Puis, après un
silence : « Moi, j'étais restée... près de lui. » Et une
sorte de cri de douleur horrible sortit de ses lèvres,
et, après un étouffement qui la fit râler, elle pleura,
elle pleura éperdument avec des sanglots et des

spasmes pendant une minute ou deux ; puis ses larmes, soudain, s'arrêtèrent, se tarirent, comme séchées en dedans par du feu ; et redevenue tragiquement calme : « Allons vite ! » dit-elle.

« J'étais prêt, mais je m'écriai : « Sacrebleu, je « n'ai pas dit d'atteler mon coupé ! » Elle répondit : « J'en ai un, j'ai le sien qui l'attendait. » Elle s'enveloppa jusqu'aux cheveux. Nous partîmes.

« Quand elle fut à mon côté dans l'obscurité de la voiture, elle me saisit brusquement la main, et la broyant dans ses doigts fins, elle balbutia avec des secousses dans la voix, des secousses venues du cœur déchiré : « Oh ! si vous saviez, si vous saviez « comme je souffre ! Je l'aimais, je l'aimais éperdu-« ment, comme une insensée, depuis six mois. »

« Je demandai : « Est-on réveillé, chez vous ? » Elle répondit : « Non, personne, excepté Rose, qui « sait tout. »

« On s'arrêta devant sa porte ; tous dormaient, en effet, dans la maison ; nous sommes entrés sans bruit avec un passe-partout, et nous voilà montant sur la pointe des pieds. La bonne, effarée, était assise par terre au haut de l'escalier, avec une bougie allumée à son côté, n'ayant pas osé demeurer près du mort.

« Et je pénétrai dans la chambre. Elle était bouleversée comme après une lutte. Le lit fripé, meurtri, défait, restait ouvert, semblait attendre ; un drap traînait jusqu'au tapis ; des serviettes mouillées, dont on avait battu les tempes du jeune homme, gisaient à terre à côté d'une cuvette et d'un verre. Et une singulière odeur de vinaigre de cuisine mêlée à des souffles de Lubin[1] écœurait dès la porte.

« Tout de son long, sur le dos, au milieu de la chambre, le cadavre était étendu.

« Je m'approchai ; je le considérai ; je le tâtai ;

j'ouvris les yeux ; je palpai les mains, puis, me tournant vers les deux femmes qui grelottaient comme si elles eussent été gelées, je leur dis : « Aidez-moi à le porter sur le lit. » Et on le coucha doucement. Alors, j'auscultai le cœur et je posai une glace devant la bouche ; puis je murmurai : « C'est fini, habillons-le bien vite. » Ce fut une chose affreuse à voir !

« Je prenais un à un les membres comme ceux d'une énorme poupée, et je les tendais aux vêtements qu'apportaient les femmes. On passa les chaussettes, le caleçon, la culotte, le gilet, puis l'habit où nous eûmes beaucoup de mal à faire entrer les bras.

« Quand il fallut boutonner les bottines, les deux femmes se mirent à genoux, tandis que je les éclairais ; mais comme les pieds étaient enflés un peu, ce fut effroyablement difficile. N'ayant pas trouvé le tire-boutons, elles avaient pris leurs épingles à cheveux.

« Sitôt que l'horrible toilette fut terminée, je considérai notre œuvre et je dis : « Il faudrait le « repeigner un peu. » La bonne alla chercher le démêloir et la brosse de sa maîtresse ; mais comme elle tremblait et arrachait, en des mouvements involontaires, les cheveux longs et mêlés, Mme Lelièvre s'empara violemment du peigne, et elle rajusta la chevelure avec douceur, comme si elle l'eût caressée. Elle refit la raie, brossa la barbe, puis roula lentement les moustaches sous son doigt, ainsi qu'elle avait coutume de le faire, sans doute, en des familiarités d'amour.

« Et tout à coup, lâchant ce qu'elle tenait aux mains, elle saisit la tête inerte de son amant, et regarda longuement, désespérément cette face morte qui ne lui sourirait plus ; puis, s'abattant sur lui, elle l'étreignit à pleins bras, en l'embrassant avec fureur. Ses baisers tombaient, comme des coups, sur la bouche fermée, sur les yeux éteints, sur les tempes, sur le front. Puis, s'approchant de l'oreille, comme s'il eût pu l'entendre encore, comme pour balbutier le mot qui fait plus ardentes les étreintes, elle répéta, dix fois de suite, d'une voix déchirante : « Adieu, chéri. »

« Mais la pendule sonna minuit.

« J'eus un sursaut : « Bigre, minuit ! c'est l'heure « où ferme le cercle. Allons, madame, de l'éner- « gie ! »

« Elle se redressa. J'ordonnai : « Portons-le dans « le salon. » Nous le prîmes tous trois, et, l'ayant emporté, je le fis asseoir sur un canapé, puis j'allumai les candélabres.

« La porte de la rue s'ouvrit et se referma lour- dement. C'était Lui déjà. Je criai : « Rose, vite, « apportez-moi les serviettes et la cuvette, et refai- « tes la chambre ; dépêchez-vous, nom de Dieu ! « Voilà M. Lelièvre qui rentre. »

« J'entendis les pas monter, s'approcher. Des mains, dans l'ombre, palpaient les murs. Alors j'ap- pelai : « Par ici, mon cher : nous avons eu un « accident. »

« Et le mari, stupéfait, parut sur le seuil, un cigare à la bouche. Il demanda : « Quoi ? Qu'y « a-t-il ? Qu'est-ce que cela ? »

« J'allai vers lui : « Mon bon, vous nous voyez « dans un rude embarras. J'étais resté tard à bavar- « der chez vous avec votre femme et notre ami qui « m'avait amené dans sa voiture. Voilà qu'il s'est « affaissé tout à coup, et depuis deux heures, mal- « gré nos soins, il demeure sans connaissance. Je « n'ai pas voulu appeler des étrangers. Aidez-moi « donc à le faire descendre ; je le soignerai mieux « chez lui. »

« L'époux surpris, mais sans méfiance, ôta son

chapeau ; puis il empoigna sous ses bras son rival désormais inoffensif. Je m'attelai entre les jambes, comme un cheval entre deux brancards ; et nous voilà descendant l'escalier, éclairés maintenant par la femme.

« Lorsque nous fûmes devant la porte, je redressai le cadavre et je lui parlai, l'encourageant pour tromper son cocher. — « Allons, mon brave ami, ce « ne sera rien ; vous vous sentez déjà mieux, n'est-« ce pas ? Du courage, voyons, un peu de courage, « faites un petit effort, et c'est fini. »

« Comme je sentais qu'il allait s'écrouler, qu'il me glissait entre les mains, je lui flanquai un grand coup d'épaule qui le jeta en avant et le fit basculer dans la voiture, puis je montai derrière lui.

« Le mari, inquiet, me demandait : « Croyez-vous « que ce soit grave ? » Je répondis : « Non », en souriant, et je regardai la femme. Elle avait passé son bras sous celui de l'époux légitime et elle plongeait son œil fixe dans le fond obscur du coupé.

« Je serrai les mains, et je donnai l'ordre de partir. Tout le long de la route, le mort me retomba sur l'oreille droite.

« Quand nous fûmes arrivés chez lui, j'annonçai qu'il avait perdu connaissance en chemin. J'aidai à le remonter dans sa chambre, puis je constatai le décès ; je jouai toute une nouvelle comédie devant sa famille éperdue. Enfin je regagnai mon lit, non sans jurer contre les amoureux. »

Le docteur se tut, souriant toujours.

La jeune femme, crispée, demanda :

« Pourquoi m'avez-vous raconté cette épouvantable histoire ? »

Il salua galamment :

« Pour vous offrir mes services à l'occasion. »

A CHEVAL[1]

LES pauvres gens vivaient péniblement des petits appointements du mari. Deux enfants étaient nés depuis leur mariage, et la gêne première était devenue une de ces misères humbles, voilées, honteuses, une misère de famille noble qui veut tenir son rang quand même.

Hector de Gribelin avait été élevé en province, dans le manoir paternel, par un vieil abbé précepteur. On n'était pas riche, mais on vivotait en gardant les apparences.

Puis, à vingt ans, on lui avait cherché une position, et il était entré, commis à quinze cents francs, au ministère de la Marine. Il avait échoué sur cet écueil comme tous ceux qui ne sont point préparés de bonne heure au rude combat de la vie, tous ceux qui voient l'existence à travers un nuage, qui ignorent les moyens et les résistances, en qui on n'a pas développé dès l'enfance des aptitudes spéciales, des facultés particulières, une âpre énergie à la lutte, tous ceux à qui on n'a pas remis une arme ou un outil dans la main.

Ses trois premières années de bureau furent horribles.

Il avait retrouvé quelques amis de sa famille, vieilles gens attardés et peu fortunés aussi, qui vivaient dans les rues nobles, les tristes rues du faubourg Saint-Germain ; et il s'était fait un cercle de connaissances.

Étrangers à la vie moderne, humbles et fiers, ces aristocrates nécessiteux habitaient les étages élevés de maisons endormies. Du haut en bas de ces demeures, les locataires étaient titrés ; mais l'argent semblait rare au premier comme au sixième.

Les éternels préjugés, la préoccupation du rang, le souci de ne pas déchoir, hantaient ces familles autrefois brillantes, et ruinées par l'inaction des hommes. Hector de Gribelin rencontra dans ce monde une jeune fille noble et pauvre comme lui, et l'épousa.

Ils eurent deux enfants en quatre ans.

Pendant quatre années encore, ce ménage, harcelé par la misère, ne connut d'autres distractions que la promenade aux Champs-Élysées, le dimanche, et quelques soirées au théâtre, une ou deux par hiver, grâce à des billets de faveur offerts par un collègue.

Mais voilà que, vers le printemps, un travail supplémentaire fut confié à l'employé par son chef, et il reçut une gratification extraordinaire de trois cents francs[1].

En rapportant cet argent, il dit à sa femme :

« Ma chère Henriette, il faut nous offrir quelque chose, par exemple une partie de plaisir pour les enfants. »

Et après une longue discussion, il fut décidé qu'on irait déjeuner à la campagne...

« Ma foi, s'écria Hector, une fois n'est pas coutume, nous louerons un break pour toi, les petits et la bonne, et moi je prendrai un cheval au manège. Cela me fera du bien. »

Et pendant toute la semaine on ne parla que de l'excursion projetée.

Chaque soir, en rentrant du bureau, Hector saisissait son fils aîné, le plaçait à califourchon sur sa jambe, et, en le faisant sauter de toute sa force, il lui disait :

« Voilà comment il galopera, papa, dimanche prochain, à la promenade. »

Et le gamin, tout le jour, enfourchait les chaises et les traînait autour de la salle en criant :

« C'est papa à dada. »

Et la bonne elle-même regardait monsieur d'un œil émerveillé, en songeant qu'il accompagnerait la voiture à cheval ; et pendant tous les repas elle l'écoutait parler d'équitation, raconter ses exploits de jadis, chez son père. Oh ! il avait été à bonne école, et, une fois la bête entre ses jambes, il ne craignait rien, mais rien !

Il répétait à sa femme en se frottant les mains :

« Si on pouvait me donner un animal un peu difficile, je serais enchanté. Tu verras comme je monte ; et, si tu veux, nous reviendrons par les Champs-Élysées au moment du retour du Bois. Comme nous ferons bonne figure, je ne serais pas fâché de rencontrer quelqu'un du Ministère. Il n'en faut pas plus pour se faire respecter de ses chefs. »

Au jour dit, la voiture et le cheval arrivèrent en même temps devant la porte. Il descendit aussitôt, pour examiner sa monture. Il avait fait coudre des sous-pieds à son pantalon, et manœuvrait une cravache achetée la veille.

Il leva et palpa, l'une après l'autre, les quatre jambes de la bête, tâta le cou, les côtes, les jarrets, éprouva du doigt les reins, ouvrit la bouche, examina les dents, déclara son âge, et, comme toute la famille descendait, il fit une sorte de petit cours théorique et pratique sur le cheval en général et en particulier sur celui-là, qu'il reconnaissait excellent.

Quand tout le monde fut bien placé dans la voiture, il vérifia les sangles de la selle ; puis, s'enlevant sur un étrier, il retomba sur l'animal, qui se mit à danser sous la charge et faillit désarçonner son cavalier.

Hector, ému, tâchait de le calmer :

« Allons, tout beau, mon ami, tout beau. »

Puis, quand le porteur eut repris sa tranquillité et le porté son aplomb, celui-ci demanda :

« Est-on prêt ? »

Toutes les voix répondirent :

« Oui. »

Alors, il commanda :

« En route ! »

Et la cavalcade s'éloigna.

Tous les regards étaient tendus vers lui. Il trottait à l'anglaise en exagérant les ressauts. A peine était-il retombé sur la selle qu'il rebondissait comme pour monter dans l'espace. Souvent il semblait prêt à s'abattre sur la crinière ; et il tenait ses yeux fixes devant lui, ayant la figure crispée et les joues pâles.

Sa femme, gardant sur ses genoux un des enfants, et la bonne qui portait l'autre, répétaient sans cesse :

« Regardez papa, regardez papa ! »

Et les deux gamins, grisés par le mouvement, la joie et l'air vif, poussaient des cris aigus. Le cheval, effrayé par ces clameurs, finit par prendre le galop, et, pendant que le cavalier s'efforçait de l'arrêter, le chapeau roula par terre. Il fallut que le cocher descendît de son siège pour ramasser cette coiffure, et, quand Hector l'eut reçue de ses mains, il s'adressa de loin à sa femme :

« Empêche donc les enfants de crier comme ça : tu me ferais emporter ! »

On déjeuna sur l'herbe, dans les bois du Vésinet, avec les provisions déposées dans les coffres.

Bien que le cocher prît soin des trois chevaux, Hector à tout moment se levait pour aller voir si le sien ne manquait de rien ; et il le caressait sur le cou, lui faisant manger du pain, des gâteaux, du sucre.

Il déclara :

« C'est un rude trotteur. Il m'a même un peu secoué dans les premiers moments ; mais tu as vu que je m'y suis vite remis : il a reconnu son maître, il ne bougera plus maintenant. »

Comme il avait été décidé, on revint par les Champs-Élysées.

La vaste avenue fourmillait de voitures. Et sur les côtés, les promeneurs étaient si nombreux qu'on eût dit deux longs rubans noirs se déroulant, depuis l'Arc de Triomphe jusqu'à la place de la Concorde. Une averse de soleil tombait sur tout ce monde, faisait étinceler le vernis des calèches, l'acier des harnais, les poignées des portières.

Une folie de mouvement, une ivresse de vie semblait agiter cette foule de gens, d'équipages et de bêtes. Et l'Obélisque, là-bas, se dressait dans une buée d'or.

Le cheval d'Hector, dès qu'il eut dépassé l'Arc de Triomphe, fut saisi soudain d'une ardeur nouvelle, et il filait à travers les rues, au grand trot, vers l'écurie, malgré toutes les tentatives d'apaisement de son cavalier.

La voiture était loin maintenant, loin derrière ; et voilà qu'en face du Palais de l'Industrie[1], l'animal se voyant du champ, tourna à droite et prit le galop.

Une vieille femme en tablier traversait la chaussée d'un pas tranquille ; elle se trouvait juste sur le chemin d'Hector, qui arrivait à fond de train. Impuissant à maîtriser sa bête, il se mit à crier de toute sa force :

« Holà ! hé ! holà ! là-bas ! »

Elle était sourde peut-être, car elle continua paisiblement sa route jusqu'au moment où, heurtée par le poitrail du cheval lancé comme une locomotive, elle alla rouler dix pas plus loin, les jupes en l'air, après trois culbutes sur la tête.

Des voix criaient :

« Arrêtez-le ! »

Hector, éperdu, se cramponnait à la crinière en hurlant :

« Au secours ! »

Une secousse terrible le fit passer comme une balle par-dessus les oreilles de son coursier et tomber dans les bras d'un sergent de ville qui venait de se jeter à sa rencontre.

En une seconde, un groupe furieux, gesticulant, vociférant, se forma autour de lui. Un vieux monsieur, surtout, un vieux monsieur portant une grande décoration ronde et de grandes moustaches blanches, semblait exaspéré. Il répétait :

« Sacrebleu, quand on est maladroit comme ça, on reste chez soi ! On ne vient pas tuer les gens dans la rue quand on ne sait pas conduire un cheval. »

Mais quatre hommes, portant la vieille, apparurent. Elle semblait morte, avec sa figure jaune et son bonnet de travers, tout gris de poussière.

« Portez cette femme chez un pharmacien, commanda le vieux monsieur, et allons chez le commissaire de police. »

Hector, entre les deux agents, se mit en route. Un troisième tenait son cheval. Une foule suivait ; et soudain le break parut. Sa femme s'élança, la bonne perdait la tête, les marmots piaillaient. Il expliqua qu'il allait rentrer, qu'il avait renversé une femme, que ce n'était rien. Et sa famille, affolée, s'éloigna.

Chez le commissaire, l'explication fut courte. Il donna son nom, Hector de Gribelin, attaché au ministère de la Marine ; et on attendit des nouvelles de la blessée. Un agent envoyé aux renseignements revint. Elle avait repris connaissance, mais elle souffrait effroyablement en dedans, disait-elle. C'était une femme de ménage, âgée de soixante-cinq ans, et dénommée Mme Simon.

Quand il sut qu'elle n'était pas morte, Hector reprit espoir et promit de subvenir aux frais de sa guérison. Puis il courut chez le pharmacien.

Une cohue stationnait devant la porte ; la bonne femme, affaissée dans un fauteuil, geignait les mains inertes, la face abrutie. Deux médecins l'examinaient encore. Aucun membre n'était cassé, mais on craignait une lésion interne.

Hector lui parla :

« Souffrez-vous beaucoup ?

— Oh ! oui.

— Où ça ?

— C'est comme un feu que j'aurais dans les estomacs. »

Un médecin s'approcha :

« C'est vous, monsieur, qui êtes l'auteur de l'accident ?

— Oui, monsieur.

— Il faudrait envoyer cette femme dans une maison de santé ; j'en connais une où on la recevrait à six francs par jour. Voulez-vous que je m'en charge ? »

Hector, ravi, remercia et rentra chez lui soulagé.

Sa femme l'attendait dans les larmes : il l'apaisa.

« Ce n'est rien, cette dame Simon va déjà mieux, dans trois jours, il n'y paraîtra plus ; je l'ai envoyée dans une maison de santé ; ce n'est rien. »

Ce n'est rien !

En sortant de son bureau, le lendemain, il alla prendre des nouvelles de Mme Simon. Il la trouva en train de manger un bouillon gras d'un air satisfait.

« Eh bien ? » dit-il.

Elle répondit :

« Oh ! mon pauv' monsieur, ça n'change pas. Je me sens quasiment anéantie. N'y a pas de mieux. »

Le médecin déclara qu'il fallait attendre, une complication pouvant survenir.

Il attendit trois jours, puis il revint. La vieille femme, le teint clair, l'œil limpide, se mit à geindre en l'apercevant :

« Je n'peux pu r'muer, mon pauv' monsieur ; je n'peux pu. J'en ai pour jusqu'à la fin de mes jours. »

Un frisson courut dans les os d'Hector. Il demanda le médecin. Le médecin leva les bras :

« Que voulez-vous, monsieur, je ne sais pas, moi. Elle hurle quand on essaie de la soulever. On ne peut même changer de place son fauteuil sans lui faire pousser des cris déchirants. Je dois croire ce qu'elle me dit, monsieur ; je ne suis pas dedans. Tant que je ne l'aurai pas vue marcher, je n'ai pas le droit de supposer un mensonge de sa part. »

La vieille écoutait, immobile, l'œil sournois.

Huit jours se passèrent ; puis quinze, puis un mois. Mme Simon ne quittait pas son fauteuil. Elle mangeait du matin au soir, engraissait, causait gaiement avec les autres malades, semblait accoutumée à l'immobilité comme si c'eût été le repos bien gagné par ses cinquante ans d'escaliers montés et descendus, de matelas retournés, de charbon porté d'étage en étage, de coups de balai et de coups de brosse.

Hector, éperdu, venait chaque jour ; chaque jour il la trouvait tranquille et sereine, et déclarant :

« Je n'peux pu r'muer, mon pauv' monsieur, je n'peux pu. »

Chaque soir, Mme de Gribelin demandait, dévorée d'angoisse :

« Et Mme Simon ? »

Et, chaque fois, il répondait avec un abattement désespéré :

« Rien de changé, absolument rien ! »

On renvoya la bonne, dont les gages devenaient trop lourds. On économisa davantage encore, la gratification tout entière y passa.

Alors Hector assembla quatre grands médecins qui se réunirent autour de la vieille. Elle se laissa examiner, tâter, palper, en les guettant d'un œil malin.

« Il faut la faire marcher », dit l'un.

Elle s'écria :

« Je n'peux pu, mes bons messieurs, je n'peux pu ! »

Alors ils l'empoignèrent, la soulevèrent, la traînèrent quelques pas ; mais elle leur échappa des mains et s'écroula sur le plancher en poussant des clameurs si épouvantables qu'ils la reportèrent sur son siège avec des précautions infinies.

Ils émirent une opinion discrète, concluant cependant à l'impossibilité du travail.

Et, quand Hector apporta cette nouvelle à sa

femme, elle se laissa choir sur une chaise en balbutiant :

« Il vaudrait encore mieux la prendre ici, ça nous coûterait moins cher. »

Il bondit :

« Ici, chez nous, y penses-tu ? »

Mais elle répondit, résignée à tout maintenant, et avec des larmes dans les yeux :

« Que veux-tu, mon ami, ce n'est pas ma faute !... »

UN RÉVEILLON[1]

Je ne sais plus au juste l'année. Depuis un mois entier je chassais avec emportement, avec une joie sauvage, avec cette ardeur qu'on a pour les passions nouvelles.

J'étais en Normandie, chez un parent non marié, Jules de Banneville, seul avec lui, sa bonne, un valet et un garde dans son château seigneurial. Ce château, vieux bâtiment grisâtre entouré de sapins gémissants, au centre de longues avenues de chênes où galopait le vent, semblait abandonné depuis des siècles. Un antique mobilier habitait seul les pièces toujours fermées, où jadis ces gens dont on voyait les portraits accrochés dans un corridor aussi tempétueux que les avenues recevaient cérémonieusement les nobles voisins.

Quant à nous, nous nous étions réfugiés simplement dans la cuisine, seul coin habitable du manoir, une immense cuisine dont les lointains sombres s'éclairaient quand on jetait une bourrée nouvelle dans la vaste cheminée. Puis, chaque soir, après une douce somnolence devant le feu, après que nos bottes trempées avaient fumé longtemps et que nos chiens d'arrêt, couchés en rond entre nos jambes, avaient rêvé de chasse en aboyant comme des somnambules, nous montions dans notre chambre.

C'était l'unique pièce qu'on eût fait plafonner et plâtrer partout, à cause des souris. Mais elle était demeurée nue, blanchie seulement à la chaux, avec des fusils, des fouets à chiens et des cors de chasse accrochés aux murs ; et nous nous glissions grelottants dans nos lits, aux deux coins de cette case sibérienne.

A une lieue en face du château, la falaise à pic tombait dans la mer ; et les puissants souffles de l'Océan, jour et nuit, faisaient soupirer les grands arbres courbés, pleurer le toit et les girouettes, crier tout le vénérable bâtiment, qui s'emplissait de vent par ses tuiles disjointes, ses cheminées larges comme des gouffres, ses fenêtres qui ne fermaient plus.

Ce jour-là il avait gelé horriblement. Le soir était venu. Nous allions nous mettre à table devant le grand feu de la haute cheminée où rôtissaient un râble de lièvre flanqué de deux perdrix qui sentaient bon.

Mon cousin leva la tête : « Il ne fera pas chaud en se couchant », dit-il.

Indifférent, je répliquai : « Non, mais nous aurons du canard aux étangs demain matin. »

La servante, qui mettait notre couvert à un bout de la table et celui des domestiques à l'autre bout, demanda : « Ces messieurs savent-ils que c'est ce soir le réveillon ? »

Nous n'en savions rien assurément, car nous ne regardions guère le calendrier. Mon compagnon reprit : « Alors c'est ce soir la messe de minuit. C'est donc pour cela qu'on a sonné toute la journée ! »

La servante répliqua : « Oui et non, monsieur ; on a sonné aussi parce que le père Fournel est mort. »

Le père Fournel, ancien berger, était une célébrité du pays. Agé de quatre-vingt-seize ans, il n'avait jamais été malade jusqu'au moment où, un mois auparavant, il avait pris froid, étant tombé dans une mare par une nuit obscure. Le lendemain il s'était mis au lit. Depuis lors il agonisait.

Mon cousin se tourna vers moi : « Si tu veux, dit-il, nous irons tout à l'heure voir ces pauvres gens. » Il voulait parler de la famille du vieux, son petit-fils, âgé de cinquante-huit ans, et sa petite belle-fille, d'une année plus jeune. La génération intermédiaire n'existait déjà plus depuis longtemps. Ils habitaient une lamentable masure, à l'entrée du hameau, sur la droite.

Mais je ne sais pourquoi cette idée de Noël, au fond de cette solitude, nous mit en humeur de causer. Tous les deux, en tête-à-tête, nous nous racontions des histoires de réveillons anciens, des aventures de cette nuit folle, les bonnes fortunes passées et les réveils du lendemain, les réveils à deux avec leurs surprises hasardeuses, l'étonnement des découvertes.

De cette façon, notre dîner dura longtemps. De nombreuses pipes le suivirent ; et, envahis par ces gaietés de solitaires, des gaietés communicatives qui naissent soudain entre deux intimes amis, nous parlions sans repos, fouillant en nous pour nous dire ces souvenirs confidentiels du cœur qui s'échappent en ces heures d'effusion.

La bonne, partie depuis longtemps, reparut : « Je vais à la messe, monsieur.

— Déjà !

— Il est minuit moins trois quarts.

« — Si nous allions aussi jusqu'à l'église ? demanda Jules : cette messe de Noël est bien curieuse aux champs. »

J'acceptai, et nous partîmes, enveloppés en nos fourrures de chasse.

Un froid aigu piquait le visage, faisait pleurer les yeux. L'air cru saisissait les poumons, desséchait la gorge. Le ciel profond, net et dur, était criblé d'étoiles qu'on eût dites pâlies par la gelée ; elles scintillaient non point comme des feux, mais comme des astres de glace, des cristallisations brillantes. Au loin, sur la terre d'airain, sèche et retentissante, les sabots des paysans sonnaient ; et, par tout l'horizon, les petites cloches des villages, tintant, jetaient leurs notes grêles comme frileuses aussi, dans la vaste nuit glaciale.

La campagne ne dormait point. Des coqs, trompés par ces bruits, chantaient ; et en passant le long des étables, on entendait remuer les bêtes troublées par ces rumeurs de vie.

En approchant du hameau, Jules se ressouvint des Fournel. « Voici leur baraque, dit-il ; entrons ! »

Il frappa longtemps en vain. Alors une voisine, qui sortait de chez elle pour se rendre à l'église, nous ayant aperçus : « Ils sont à la messe, messieurs : ils vont prier pour le père. »

« Nous les verrons en sortant », dit mon cousin.

La lune à son déclin profilait au bord de l'horizon sa silhouette de faucille au milieu de cette semaille infinie de grains luisants jetés à poignée dans l'espace. Et par la campagne noire, des petits feux tremblants s'en venaient de partout vers le clocher pointu qui sonnait sans répit. Entre les cours des fermes plantées d'arbres, au milieu des plaines sombres, ils sautillaient, ces feux, en rasant la terre. C'étaient des lanternes de corne que por-

118

taient les paysans devant leurs femmes en bonnet blanc, enveloppées de longues mantes noires, et suivies des mioches mal éveillés, se tenant la main dans la nuit.

Par la porte ouverte de l'église, on apercevait le chœur illuminé. Une guirlande de chandelles d'un sou faisait le tour de la nef ; et par terre, dans une chapelle à gauche, un gros Enfant Jésus étalait sur de la vraie paille, au milieu des branches de sapin, sa nudité rose et maniérée.

L'office commençait. Les paysans courbés, les femmes à genoux priaient. Ces simples gens, relevés par la nuit froide, regardaient, tout remués, l'image grossièrement peinte, et ils joignaient les mains, naïvement convaincus autant qu'intimidés par l'humble splendeur de cette représentation puérile.

L'air glacé faisait palpiter les flammes. Jules me dit : « Sortons ! on est encore mieux dehors. »

Et sur la route déserte, pendant que tous les campagnards prosternés grelottaient dévotement, nous nous mîmes à recauser de nos souvenirs, si longtemps que l'office était fini quand nous revînmes au hameau.

Un filet de lumière passait sous la porte des Fournel. « Ils veillent leur mort, dit mon cousin. Entrons enfin chez ces pauvres gens, cela leur fera plaisir. »

Dans la cheminée, quelques tisons agonisaient. La pièce noire, vernie de saleté, avec ses solives vermoulues, brunies par le temps, était pleine d'une odeur suffocante de boudin grillé. Au milieu de la grande table, sous laquelle la huche au pain s'arrondissait comme un ventre dans toute sa longueur, une chandelle, dans un chandelier de fer tordu, filait jusqu'au plafond l'âcre fumée de sa mèche en champignon. — Et les deux Fournel, l'homme et la femme, réveillonnaient en tête-à-tête.

Mornes, avec l'air navré et la face abrutie des paysans, ils mangeaient gravement sans dire un mot. Dans une seule assiette, posée entre eux, un grand morceau de boudin dégageait sa vapeur empestante. De temps en temps, ils en arrachaient un bout avec la pointe de leur couteau, l'écrasaient sur leur pain qu'ils coupaient en bouchées, puis mâchaient avec lenteur.

Quand le verre de l'homme était vide, la femme, prenant la cruche au cidre, le remplissait.

A notre entrée, ils se levèrent, nous firent asseoir, nous offrirent de « faire comme eux », et, sur notre refus, se remirent à manger.

Au bout de quelques minutes de silence, mon cousin demanda : « Eh bien, Anthime, votre grand-père est mort ?

— Oui, mon pauv' monsieur, il a passé tantôt. »

Le silence recommença. La femme, par politesse, moucha la chandelle. Alors, pour dire quelque chose, j'ajoutai : « Il était bien vieux. »

Sa petite belle-fille de cinquante-sept ans reprit : « Oh ! son temps était terminé, il n'avait plus rien à faire ici. »

Soudain, le désir me vint de regarder le cadavre de ce centenaire, et je priai qu'on me le montrât.

Les deux paysans, jusque-là placides, s'émurent brusquement. Leurs yeux inquiets s'interrogèrent, et ils ne répondirent pas.

Mon cousin, voyant leur trouble, insista.

L'homme alors, d'un air soupçonneux et sournois, demanda : « A quoi qu'ça vous servirait ?

— A rien, dit Jules, mais ça se fait tous les jours ; pourquoi ne voulez-vous pas le montrer ? »

Le paysan haussa les épaules. « Oh ! moi, j'veux ben ; seulement, à c'te heure-ci, c'est malaisé. »

Mille suppositions nous passaient dans l'esprit. Comme les petits-enfants du mort ne remuaient toujours pas, et demeuraient face à face, les yeux baissés, avec cette tête de bois des gens mécontents, qui semble dire : « Allez-vous-en », mon cousin parla avec autorité : « Allons, Anthime, levez-vous, et conduisez-nous dans sa chambre. » Mais l'homme, ayant pris son parti, répondit d'un air renfrogné : « C'est pas la peine, il n'y est pu, monsieur.

— Mais alors, où donc est-il ? »

La femme coupa la parole à son mari :

« J'vas vous dire : j'l'avons mis jusqu'à d'main dans la huche, parce que j'avions point d'place. »

Et, retirant l'assiette au boudin, elle leva le couvercle de leur table, se pencha avec la chandelle pour éclairer l'intérieur du grand coffre béant au fond duquel nous aperçûmes quelque chose de gris, une sorte de long paquet d'où sortait, par un bout, une tête maigre avec des cheveux blancs ébouriffés, et, par l'autre bout, deux pieds nus.

C'était le vieux, tout sec, les yeux clos, roulé dans son manteau de berger, et dormant là son dernier sommeil, au milieu d'antiques et noires croûtes de pain, aussi séculaires que lui.

Ses enfants avaient réveillonné dessus !

Jules, indigné, tremblant de colère, cria : « Pourquoi ne l'avez-vous pas laissé dans son lit, manants que vous êtes ? »

Alors la femme se mit à larmoyer, et très vite : « J'vas vous dire, mon bon monsieur, j'avons qu'un lit dans la maison. J'couchions avec lui auparavant puisque j'étions qu'trois. D'puis qu'il est si malade, j'couchons par terre ; c'est dur, mon brave monsieur, dans ces temps-ci. Eh ben, quand il a été trépassé, tantôt, j'nous sommes dit comme ça : Puisqu'il n'souffre pu, c't'homme, à quoi qu'ça sert de l'laisser dans l'lit ? J'pouvons ben l'mettre jusqu'à d'main dans la huche, et je r'prendrions l'lit c'te nuit qui s'ra si froide. J'pouvons pourtant pas coucher avec ce mort, mes bons messieurs !... »

Mon cousin, exaspéré, sortit brusquement en claquant la porte, tandis que je le suivais, riant aux larmes.

MOTS D'AMOUR[1]

Dimanche.

Mon gros coq chéri,

Tu ne m'écris pas, je ne te vois plus, tu ne viens jamais. Tu as donc cessé de m'aimer ? Pourquoi ? Qu'ai-je fait ? Dis-le-moi, je t'en supplie, mon cher amour ! Moi, je t'aime tant, tant, tant ! Je voudrais t'avoir toujours près de moi, et t'embrasser tout le jour, en te donnant, ô mon cœur, mon chat aimé, tous les noms tendres qui me viendraient à la pensée. Je t'adore, je t'adore, je t'adore, ô mon beau coq.

Ta poulette

SOPHIE.

Lundi.

Ma chère amie,

Tu ne comprendras absolument rien à ce que je vais te dire. N'importe. Si ma lettre tombe, par hasard, sous les yeux d'une autre femme, elle lui sera peut-être profitable.

Si tu avais été sourde et muette, je t'aurais sans doute aimée longtemps, longtemps. Le malheur vient de ce que tu parles, voilà tout. Un poète a dit :

Tu n'as jamais été dans tes jours les plus rares,
Qu'un banal instrument sous mon archet
                                    [vainqueur,
Et comme un air qui sonne au bois creux des
                                    [guitares,
J'ai fait chanter mon rêve au vide de ton
                                    [cœur[1].

En amour, vois-tu, on fait toujours chanter des rêves ; mais pour que les rêves chantent, il ne faut pas qu'on les interrompe. Or, quand on parle entre deux baisers, on interrompt toujours le rêve délirant que font les âmes, à moins de dire des mots sublimes ; et les mots sublimes n'éclosent pas dans les petites caboches des jolies filles.

Tu ne comprends rien, n'est-ce pas ? Tant mieux. Je continue. Tu es assurément une des plus charmantes, une des plus adorables femmes que j'aie jamais vues.

Est-il sur la terre des yeux qui contiennent plus de songe que les tiens, plus de promesses inconnues, plus d'infini d'amour ? Je ne le crois pas. Et quand ta bouche sourit avec ses deux lèvres rondes qui montrent tes dents luisantes, on dirait qu'il va sortir de cette bouche ravissante une ineffable musique, quelque chose d'invraisemblablement suave, de doux à faire sangloter.

Alors tu m'appelles tranquillement : « Mon gros lapin adoré. » Et il me semble tout à coup que j'entre dans ta tête, que je vois fonctionner ton âme, ta petite âme de petite femme, jolie, jolie, mais... et cela me gêne, vois-tu, me gêne beaucoup. J'aimerais mieux ne pas voir.

Tu continues à ne point comprendre, n'est-ce pas ? J'y comptais.

Te rappelles-tu la première fois que tu es venue chez moi ? Tu es entrée brusquement avec une odeur de violette envolée de tes jupes ; nous nous sommes regardés longtemps sans dire un mot, puis embrassés comme des fous... puis... puis jusqu'au lendemain nous n'avons point parlé.

Mais, quand nous nous sommes quittés, nos mains tremblaient et nos yeux se disaient des choses, des choses... qu'on ne peut exprimer dans aucune langue. Du moins, je l'ai cru. Et tout bas, en me quittant, tu as murmuré : « A bientôt ! » — Voilà tout ce que tu as dit ; et tu ne t'imagineras jamais quel enveloppement de rêve tu me laissais, tout ce que j'entrevoyais, tout ce que je croyais deviner en ta pensée.

Vois-tu, ma pauvre enfant, pour les hommes pas bêtes, un peu raffinés, un peu supérieurs, l'amour est un instrument si compliqué qu'un rien le détraque. Vous autres femmes, vous ne percevez jamais le ridicule de certaines choses quand vous aimez, et le grotesque des expressions vous échappe.

Pourquoi une parole juste dans la bouche d'une petite femme brune est-elle souverainement fausse et comique dans celle d'une grosse femme blonde ? Pourquoi le geste câlin de l'une sera-t-il déplacé chez l'autre ? Pourquoi certaines caresses charmantes de la part de celle-ci seront-elles gênantes de la part de celle-là ? Pourquoi ? Parce qu'il faut en tout, mais principalement en amour, une parfaite harmonie, une accordance absolue du geste, de la voix, de la parole, de la manifestation tendre, avec la personne qui agit, parle, manifeste, avec son âge, la grosseur de sa taille, la couleur de ses cheveux et la physionomie de sa beauté.

Une femme de trente-cinq ans, à l'âge des grandes passions violentes, qui conserverait seulement un rien de la mièvrerie caressante de ses amours de vingt ans, qui ne comprendrait pas qu'elle doit s'exprimer autrement, regarder autrement, embrasser autrement, qu'elle doit être une Didon et non plus une Juliette[1], écœurerait infailliblement neuf amants sur dix, même s'ils ne se rendaient nullement compte des raisons de leur éloignement.

Comprends-tu ? — Non. — Je l'espérais bien.

A partir du jour où tu as ouvert ton robinet à tendresses, ce fut fini pour moi, mon amie.

Quelquefois nous nous embrassions cinq minutes, d'un seul baiser interminable, éperdu, d'un de ces baisers qui font se fermer les yeux, comme s'il pouvait s'en échapper par le regard, comme pour les conserver plus entiers dans l'âme enténébrée qu'ils ravagent. Puis, quand nous séparions nos lèvres, tu me disais en riant d'un rire clair : « C'est bon, mon gros chien ! » Alors je t'aurais battue.

Car tu m'as donné successivement tous les noms d'animaux et de légumes que tu as trouvés sans doute dans *La Cuisinière bourgeoise*, *Le Parfait Jardinier* et *Les Éléments d'histoire naturelle à l'usage des classes inférieures*. Mais cela n'est rien encore.

La caresse d'amour est brutale, bestiale, et plus, quand on y songe. Musset a dit :

> *Je me souviens encor de ces spasmes terribles,*
> *De ces baisers muets, de ces muscles ardents,*
> *De cet être absorbé, blême et serrant les dents.*
> *S'ils ne sont pas divins, ces moments sont*
> *[horribles[2].*

ou grotesques !... Oh ! ma pauvre enfant, quel génie farceur, quel esprit pervers, te pouvait donc souffler tes mots... de la fin ?

126

Je les ai collectionnés, mais, par amour pour toi, je ne te les montrerai pas.

Et puis tu manquais vraiment d'à-propos, et tu trouvais moyen de lâcher un « *Je t'aime !* » exalté en certaines occasions si singulières, qu'il me fallait comprimer de furieuses envies de rire. Il est des instants où cette parole-là : « *Je t'aime !* » est si déplacée qu'elle en devient inconvenante, sache-le bien.

Mais tu ne me comprends pas.

Bien des femmes aussi ne me comprendront point et me jugeront stupide. Peu m'importe, d'ailleurs. Les affamés mangent en gloutons, mais les délicats sont dégoûtés, et ils ont souvent, pour peu de chose, d'invincibles répugnances. Il en est de l'amour comme de la cuisine.

Ce que je ne comprends pas, par exemple, c'est que certaines femmes qui connaissent si bien l'irrésistible séduction des bas de soie fins et brodés, et le charme exquis des nuances, et l'ensorcellement des précieuses dentelles cachées dans la profondeur des toilettes intimes, et la troublante saveur du luxe secret, des dessous raffinés, toutes les subtiles délicatesses des élégances féminines, ne comprennent jamais l'irrésistible dégoût que nous inspirent les paroles déplacées ou niaisement tendres.

Un mot brutal, parfois, fait merveille, fouette la chair, fait bondir le cœur. Ceux-là sont permis aux heures de combat. Celui de Cambronne n'est-il pas sublime ? Rien ne choque qui vient à temps. Mais il faut aussi savoir se taire, et éviter en certains moments les phrases à la Paul de Kock[1].

Et je t'embrasse passionnément, à condition que tu ne diras rien.

RENÉ.

UNE AVENTURE PARISIENNE[1]

Est-il un sentiment plus aigu que la curiosité chez la femme ? Oh ! savoir, connaître, toucher ce qu'on a rêvé ! Que ne ferait-elle pas pour cela ? Une femme, quand sa curiosité impatiente est en éveil, commettra toutes les folies, toutes les imprudences, aura toutes les audaces, ne reculera devant rien. Je parle des femmes vraiment femmes, douées de cet esprit à triple fond qui semble, à la surface, raisonnable et froid, mais dont les trois compartiments secrets sont remplis : l'un d'inquiétude féminine toujours agitée ; l'autre, de ruse colorée en bonne foi, de cette ruse de dévots, sophistique et redoutable ; le dernier enfin, de canaillerie charmante, de tromperie exquise, de délicieuse perfidie, de toutes ces perverses qualités qui poussent au suicide les amants imbécilement crédules, mais ravissent les autres.

Celle dont je veux dire l'aventure était une petite provinciale, platement honnête jusque-là. Sa vie, calme en apparence, s'écoulait dans son ménage, entre un mari très occupé et deux enfants, qu'elle élevait en femme irréprochable. Mais son cœur frémissait d'une curiosité inassouvie, d'une démangeaison d'inconnu. Elle songeait à Paris, sans cesse, et lisait avidement les journaux mondains. Le récit des fêtes, des toilettes, des joies, faisait bouillonner ses désirs ; mais elle était surtout mystérieusement troublée par les échos pleins de sous-entendus, par les voiles à demi soulevés en des phrases habiles, et qui laissent entrevoir des horizons de jouissances coupables et ravageantes.

De là-bas elle apercevait Paris dans une apothéose de luxe magnifique et corrompu.

Et pendant les longues nuits de rêve, bercée par le ronflement régulier de son mari qui dormait à ses côtés sur le dos, avec un foulard autour du crâne, elle songeait à ces hommes connus dont les noms apparaissent à la première page des journaux comme de grandes étoiles dans un ciel sombre ; et elle se figurait leur vie affolante, avec de continuelles débauches, des orgies antiques épouvantablement voluptueuses et des raffinements de sensualité si compliqués qu'elle ne pouvait même se les figurer.

Les boulevards lui semblaient être une sorte de gouffre des passions humaines ; et toutes leurs maisons recelaient assurément des mystères d'amour prodigieux.

Elle se sentait vieillir cependant. Elle vieillissait sans avoir rien connu de la vie, sinon ces occupations régulières, odieusement monotones et banales qui constituent, dit-on, le bonheur du foyer. Elle était jolie encore, conservée dans cette existence tranquille comme un fruit d'hiver dans une armoire close ; mais rongée, ravagée, bouleversée d'ardeurs secrètes. Elle se demandait si elle mourrait sans avoir connu toutes ces ivresses damnantes, sans s'être jetée une fois, une seule fois, tout entière, dans ce flot des voluptés parisiennes.

Avec une longue persévérance, elle prépara un

voyage à Paris, inventa un prétexte, se fit inviter par des parents, et, son mari ne pouvant l'accompagner, partit seule.

Sitôt arrivée, elle sut imaginer des raisons qui lui permettraient au besoin de s'absenter deux jours ou plutôt deux nuits, s'il le fallait, ayant retrouvé, disait-elle, des amis qui demeuraient dans la campagne suburbaine.

Et elle chercha. Elle parcourut les boulevards sans rien voir, sinon le vice errant et numéroté. Elle sonda de l'œil les grands cafés, lut attentivement la petite correspondance du *Figaro*, qui lui apparaissait chaque matin comme un tocsin, un rappel de l'amour.

Et jamais rien ne la mettait sur la trace de ces grandes orgies d'artistes et d'actrices ; rien ne lui révélait les temples de ces débauches qu'elle imaginait fermés par un mot magique, comme la caverne des *Mille et Une Nuits* et ces catacombes de Rome, où s'accomplissaient secrètement les mystères d'une religion persécutée.

Ses parents, petits bourgeois, ne pouvaient lui faire connaître aucun de ces hommes en vue dont les noms bourdonnaient dans sa tête ; et, désespérée, elle songeait à s'en retourner, quand le hasard vint à son aide.

Un jour, comme elle descendait la rue de la Chaussée-d'Antin, elle s'arrêta à contempler un magasin rempli de ces bibelots japonais si colorés qu'ils donnent aux yeux une sorte de gaieté. Elle considérait les mignons ivoires bouffons, les grandes potiches aux émaux flambants, les bronzes bizarres, quand elle entendit, à l'intérieur de la boutique, le patron qui, avec force révérences, montrait à un gros petit homme chauve de crâne, et gris de menton, un énorme magot ventru, pièce unique, disait-il. Et à chaque phrase du marchand, le nom de l'amateur, un nom célèbre, sonnait comme un appel de clairon. Les autres clients, des jeunes femmes, des messieurs élégants, contemplaient, d'un coup d'œil furtif et rapide, d'un coup d'œil comme il faut et manifestement respectueux, l'écrivain renommé qui, lui, regardait passionnément le magot de porcelaine. Ils étaient aussi laids l'un que l'autre, laids comme deux frères sortis du même flanc.

Le marchand disait : « Pour vous, monsieur Jean Varin, je le laisserai à mille francs ; c'est juste ce qu'il me coûte. Pour tout le monde ce serait quinze cents francs ; mais je tiens à ma clientèle d'artistes et je lui fais des prix spéciaux. Ils viennent tous chez moi, monsieur Jean Varin. Hier, M. Busnach m'achetait une grande coupe ancienne. J'ai vendu l'autre jour deux flambeaux comme ça (sont-ils beaux, dites ?) à M. Alexandre Dumas. Tenez, cette pièce que vous tenez là, si M. Zola la voyait, elle serait vendue, monsieur Varin. »

L'écrivain très perplexe hésitait, sollicité par l'objet, mais songeant à la somme, et il ne s'occupait pas plus des regards que s'il eût été seul dans un désert.

Elle était entrée tremblante, l'œil fixé effrontément sur lui, et elle ne se demandait même pas s'il était beau, élégant ou jeune. C'était Jean Varin lui-même, Jean Varin !

Après un long combat, une douloureuse hésitation, il reposa la potiche sur la table. « Non, c'est trop cher », dit-il.

Le marchand redoublait d'éloquence. « Oh ! monsieur Jean Varin, trop cher ? cela vaut deux mille francs comme un sou. »

L'homme de lettres répliqua tristement en regardant toujours le bonhomme aux yeux d'émail : « Je ne dis pas non ; mais c'est trop cher pour moi. »

Alors, elle, saisie d'une audace affolée, s'avança :
« Pour moi, dit-elle, combien ce bonhomme ? »

Le marchand, surpris, répliqua :

« Quinze cents francs, madame.

— Je le prends. »

L'écrivain, qui jusque-là ne l'avait pas même
aperçue, se retourna brusquement, et il la regarda
des pieds à la tête en observateur, l'œil un peu
fermé ; puis, en connaisseur, il la détailla.

Elle était charmante, animée, éclairée soudain
par cette flamme qui jusque-là dormait en elle. Et
puis une femme qui achète un bibelot de quinze
cents francs n'est pas la première venue.

Elle eut alors un mouvement de ravissante déli-
catesse ; et se tournant vers lui, la voix tremblante :
« Pardon, monsieur, j'ai été sans doute un peu
vive ; vous n'aviez peut-être pas dit votre dernier
mot. »

Il s'inclina : « Je l'avais dit, madame. »

Mais elle, tout émue : « Enfin, monsieur, aujourd'hui ou plus tard, s'il vous convient de changer d'avis, ce bibelot est à vous. Je ne l'ai acheté
que parce qu'il vous avait plu. »

Il sourit, visiblement flatté. « Comment donc me
connaissiez-vous ? » dit-il.

Alors elle lui parla de son admiration, lui cita ses
œuvres, fut éloquente.

Pour causer, il s'était accoudé à un meuble, et
plongeant en elle ses yeux aigus, il cherchait à la
deviner.

Quelquefois, le marchand, heureux de posséder
cette réclame vivante, de nouveaux clients étant
entrés, criait à l'autre bout du magasin : « Tenez,
regardez ça, monsieur Jean Varin, est-ce beau ? »
Alors toutes les têtes se levaient, et elle frissonnait
de plaisir à être vue ainsi causant intimement avec
un Illustre.

Grisée enfin, elle eut une audace suprême, comme les généraux qui vont donner l'assaut : « Monsieur, dit-elle, faites-moi un grand, un très grand plaisir. Permettez-moi de vous offrir ce magot comme souvenir d'une femme qui vous admire passionnément et que vous aurez vue dix minutes. »

Il refusa. Elle insistait. Il résista, très amusé, riant de grand cœur.

Elle, obstinée, lui dit : « Eh bien, je vais le porter chez vous tout de suite ; où demeurez-vous ? »

Il refusa de donner son adresse ; mais elle, l'ayant demandée au marchand, la connut, et, son acquisition payée, elle se sauva vers un fiacre. L'écrivain courut pour la rattraper, ne voulant point s'exposer à recevoir ce cadeau, qu'il ne saurait à qui rapporter. Il la joignit quand elle sautait en voiture, et il s'élança, tomba presque sur elle, culbuté par le fiacre qui se mettait en route ; puis il s'assit à son côté, fort ennuyé.

Il eut beau prier, insister, elle se montra intraitable. Comme ils arrivaient devant la porte elle posa ses conditions : « Je consentirai, dit-elle, à ne point vous laisser cela, si vous accomplissez aujourd'hui toutes mes volontés. »

La chose lui parut si drôle qu'il accepta.

Elle demanda : « Que faites-vous ordinairement à cette heure-ci ? »

Après un peu d'hésitation : « Je me promène », dit-il.

Alors, d'une voix résolue, elle ordonna : « Au Bois ! »

Ils partirent.

Il fallut qu'il lui nommât toutes les femmes connues, surtout les impures, avec des détails intimes sur elles, leur vie, leurs habitudes, leur intérieur, leurs vices.

Le soir tomba. « Que faites-vous tous les jours à cette heure ? » dit-elle.

Il répondit en riant : « Je prends l'absinthe. »

Alors, gravement, elle ajouta : « Alors, monsieur, allons prendre l'absinthe. »

Ils entrèrent dans un grand café du boulevard qu'il fréquentait, et où il rencontra des confrères. Il les lui présenta tous. Elle était folle de joie. Et ce mot sonnait sans répit dans sa tête : « Enfin, enfin ! »

Le temps passait, elle demanda : « Est-ce l'heure de votre dîner ? »

Il répondit : « Oui, madame.

— Alors, monsieur, allons dîner. »

En sortant du café Bignon : « Le soir, que faites-vous ? » dit-elle.

Il la regarda fixement : « Cela dépend ; quelquefois je vais au théâtre.

— Eh bien, monsieur, allons au théâtre. »

Ils entrèrent au Vaudeville[1], par faveur, grâce à lui, et, gloire suprême, elle fut vue par toute la salle à son côté, assise aux fauteuils de balcon.

La représentation finie, il lui baisa galamment la main : « Il me reste, madame, à vous remercier de la journée délicieuse... » Elle l'interrompit.

« A cette heure-ci, que faites-vous toutes les nuits ?

— Mais... mais... je rentre chez moi. »

Elle se mit à rire, d'un rire tremblant.

« Eh bien, monsieur... allons chez vous. »

Et ils ne parlèrent plus. Elle frissonnait par instants, toute secouée des pieds à la tête, ayant des envies de fuir et des envies de rester, avec, tout au fond du cœur, une bien ferme volonté d'aller jusqu'au bout.

Dans l'escalier, elle se cramponnait à la rampe, tant son émotion devenait vive ; et il montait devant, essoufflé, une allumette-bougie à la main.

Dès qu'elle fut dans la chambre, elle se déshabilla bien vite et se glissa dans le lit sans prononcer une parole ; et elle attendit blottie contre le mur.

Mais elle était simple comme peut l'être l'épouse légitime d'un notaire de province, et lui plus exigeant qu'un pacha à trois queues. Ils ne comprirent pas, pas du tout.

Alors il s'endormit. La nuit s'écoula, troublée seulement par le tic-tac de la pendule ; et elle, immobile, songeait aux nuits conjugales ; sous les rayons jaunes d'une lanterne chinoise elle regardait, navrée, à son côté, ce petit homme sur le dos, tout rond, dont le ventre en boule soulevait le drap comme un ballon gonflé de gaz. Il ronflait avec un bruit de tuyau d'orgue, des renâclements prolongés, des étranglements comiques. Ses vingt cheveux profitaient de son repos pour se rebrousser étrangement, fatigués de leur longue station fixe sur ce crâne nu dont ils devaient voiler les ravages. Et un filet de salive coulait d'un coin de sa bouche entrouverte.

L'aurore enfin glissa un peu de jour entre les rideaux fermés. Elle se leva, s'habilla sans bruit, et, déjà elle avait ouvert à moitié la porte, quand elle fit grincer la serrure et il s'éveilla en se frottant les yeux.

Il demeura quelques secondes avant de reprendre entièrement ses sens ; puis, quand toute l'aventure lui fut revenue, il demanda : « Eh bien, vous partez ? »

Elle restait debout, confuse. Elle balbutia : « Mais oui, voici le matin. »

Il se mit sur son séant : « Voyons, dit-il, à mon tour, j'ai quelque chose à vous demander. »

Elle ne répondait pas, il reprit : « Vous m'avez bigrement étonné depuis hier. Soyez franche, avouez-moi pourquoi vous avez fait tout ça, car je n'y comprends rien. »

Elle se rapprocha doucement, rougissante comme une vierge. « J'ai voulu connaître... le... le vice... eh bien... eh bien, ce n'est pas drôle. »

Et elle se sauva, descendit l'escalier, se jeta dans la rue.

L'armée des balayeurs balayait. Ils balayaient les trottoirs, les pavés, poussant toutes les ordures au ruisseau. Du même mouvement régulier, d'un mouvement de faucheurs dans les prairies, ils repoussaient les boues en demi-cercle devant eux ; et, de rue en rue, elle les retrouvait comme des pantins montés, marchant automatiquement avec un ressort pareil.

Et il lui semblait qu'en elle aussi on venait de balayer quelque chose, de pousser au ruisseau, à l'égout, ses rêves surexcités.

Elle rentra, essoufflée, glacée, gardant seulement dans sa tête la sensation de ce mouvement des balais nettoyant Paris au matin.

Et, dès qu'elle fut dans sa chambre, elle sanglota.

DEUX AMIS[1]

PARIS était bloqué, affamé et râlant. Les moineaux se faisaient bien rares sur les toits, et les égouts se dépeuplaient. On mangeait n'importe quoi.

Comme il se promenait tristement par un clair matin de janvier le long du boulevard extérieur, les mains dans les poches de sa culotte d'uniforme et le ventre vide, M. Morissot, horloger de son état et pantouflard par occasion, s'arrêta net devant un confrère qu'il reconnut pour un ami. C'était M. Sauvage, une connaissance du bord de l'eau.

Chaque dimanche, avant la guerre, Morissot partait dès l'aurore, une canne en bambou d'une main, une boîte en fer-blanc sur le dos. Il prenait le chemin de fer d'Argenteuil, descendait à Colombes, puis gagnait à pied l'île Marante. A peine arrivé en ce lieu de ses rêves, il se mettait à pêcher ; il pêchait jusqu'à la nuit.

Chaque dimanche, il rencontrait là un petit homme replet et jovial, M. Sauvage, mercier, rue Notre-Dame-de-Lorette, autre pêcheur fanatique. Ils passaient souvent une demi-journée côte à côte, la ligne à la main et les pieds ballants au-dessus du courant; et ils s'étaient pris d'amitié l'un pour l'autre.

En certains jours, ils ne parlaient pas. Quelquefois ils causaient; mais ils s'entendaient admirablement sans rien dire, ayant des goûts semblables et des sensations identiques.

Au printemps, le matin, vers dix heures, quand le soleil rajeuni faisait flotter sur le fleuve tranquille cette petite buée qui coule avec l'eau, et versait dans le dos des deux enragés pêcheurs une bonne chaleur de saison nouvelle, Morissot parfois disait à son voisin : « Hein ! quelle douceur ! » et M. Sauvage répondait : « Je ne connais rien de meilleur. » Et cela leur suffisait pour se comprendre et s'estimer.

A l'automne, vers la fin du jour, quand le ciel, ensanglanté par le soleil couchant, jetait dans l'eau des figures de nuages écarlates, empourprait le fleuve entier, enflammait l'horizon, faisait rouges comme du feu les deux amis, et dorait les arbres roussis déjà, frémissants d'un frisson d'hiver, M. Sauvage regardait en souriant Morissot et prononçait : « Quel spectacle ! » Et Morissot émerveillé répondait, sans quitter des yeux son flotteur : « Cela vaut mieux que le boulevard, hein ? »

Dès qu'ils se furent reconnus, ils se serrèrent les mains énergiquement, tout émus de se retrouver en des circonstances si différentes. M. Sauvage, poussant un soupir, murmura : « En voilà des événements ! » Morissot, très morne, gémit : « Et quel temps ! C'est aujourd'hui le premier beau jour de l'année. »

Le ciel était, en effet, tout bleu et plein de lumière.

Ils se mirent à marcher côte à côte, rêveurs et tristes. Morissot reprit : « Et la pêche ? hein ! quel bon souvenir ! »

M. Sauvage demanda : « Quand y retournerons-nous ? »

Ils entrèrent dans un petit café et burent ensemble une absinthe ; puis ils se remirent à se promener sur les trottoirs.

Morissot s'arrêta soudain : « Une seconde verte[1], hein ? » M. Sauvage y consentit : « A votre disposition. » Et ils pénétrèrent chez un autre marchand de vins.

Ils étaient fort étourdis en sortant, troublés comme des gens à jeun dont le ventre est plein d'alcool. Il faisait doux. Une brise caressante leur chatouillait le visage.

M. Sauvage, que l'air tiède achevait de griser, s'arrêta : « Si on y allait ?

— Où ça ?

— A la pêche, donc.

— Mais où ?

— Mais à notre île. Les avant-postes français sont auprès de Colombes. Je connais le colonel Dumoulin ; on nous laissera passer facilement. »

Morissot frémit de désir : « C'est dit. J'en suis. » Et ils se séparèrent pour prendre leurs instruments.

Une heure après, ils marchaient côte à côte sur la grand-route. Puis ils gagnèrent la villa qu'occupait le colonel. Il sourit de leur demande et consentit à leur fantaisie. Ils se remirent en marche, munis d'un laissez-passer.

Bientôt ils franchirent les avant-postes, traversèrent Colombes abandonné, et se trouvèrent au bord des petits champs de vigne qui descendent vers la Seine. Il était environ onze heures.

En face, le village d'Argenteuil semblait mort. Les hauteurs d'Orgemont et de Sannois dominaient tout le pays. La grande plaine qui va jusqu'à Nanterre était vide, toute vide, avec ses cerisiers nus et ses terres grises.

M. Sauvage, montrant du doigt les sommets, murmura : « Les Prussiens sont là-haut ! » Et une inquiétude paralysait les deux amis devant ce pays désert.

Les Prussiens ! Ils n'en avaient jamais aperçu, mais ils les sentaient là depuis des mois, autour de Paris, ruinant la France, pillant, massacrant, affamant, invisibles et tout-puissants. Et une sorte de terreur superstitieuse s'ajoutait à la haine qu'ils avaient pour ce peuple inconnu et victorieux.

Morissot balbutia : « Hein ! si nous allions en rencontrer ? »

M. Sauvage répondit, avec cette gouaillerie parisienne reparaissant malgré tout :

« Nous leur offririons une friture. »

Mais ils hésitaient à s'aventurer dans la campagne, intimidés par le silence de tout l'horizon.

A la fin, M. Sauvage se décida : « Allons, en route, mais avec précaution. » Et ils descendirent dans un champ de vigne, courbés en deux, rampant, profitant des buissons pour se couvrir, l'œil inquiet, l'oreille tendue.

Une bande de terre nue restait à traverser pour gagner le bord du fleuve. Ils se mirent à courir ; et dès qu'ils eurent atteints la berge, ils se blottirent dans les roseaux secs.

Morissot colla sa joue par terre pour écouter si on ne marchait pas dans les environs. Il n'entendit rien. Ils étaient bien seuls, tout seuls.

Ils se rassurèrent et se mirent à pêcher.

En face d'eux, l'île Marante abandonnée les cachait à l'autre berge. La petite maison du restaurant était close, semblait délaissée depuis des années.

M. Sauvage prit le premier goujon. Morissot attrapa le second, et d'instant en instant ils levaient leurs lignes avec une petite bête argentée frétillant au bout du fil : une vraie pêche miraculeuse.

Ils introduisaient délicatement les poissons dans une poche de filet à mailles très serrées, qui trempait à leurs pieds. Et une joie délicieuse les pénétrait, cette joie qui vous saisit quand on retrouve un plaisir aimé dont on est privé depuis longtemps.

Le bon soleil leur coulait sa chaleur entre les épaules ; ils n'écoutaient plus rien ; ils ne pensaient plus à rien ; ils ignoraient le reste du monde ; ils pêchaient.

Mais soudain un bruit sourd qui semblait venir de sous terre fit trembler le sol. Le canon se remettait à tonner.

Morissot tourna la tête, et par-dessus la berge il aperçut, là-bas, sur la gauche, la grande silhouette du Mont-Valérien, qui portait au front une aigrette blanche, une buée de poudre qu'il venait de cracher.

Et aussitôt un second jet de fumée partit du sommet de la forteresse ; et quelques instants après une nouvelle détonation gronda.

Puis d'autres suivirent, et de moment en moment, la montagne jetait son haleine de mort, soufflait ses vapeurs laiteuses qui s'élevaient lentement dans le ciel calme, faisaient un nuage au-dessus d'elle.

M. Sauvage haussa les épaules : « Voilà qu'ils recommencent », dit-il.

Morissot, qui regardait anxieusement plonger coup sur coup la plume de son flotteur, fut pris soudain d'une colère d'homme paisible contre ces enragés qui se battaient ainsi, et il grommela : « Faut-il être stupide pour se tuer comme ça ! »

M. Sauvage reprit : « C'est pis que des bêtes. »

Et Morissot, qui venait de saisir une ablette, déclara : « Et dire que ce sera toujours ainsi tant qu'il y aura des gouvernements. »

M. Sauvage l'arrêta : « La République n'aurait pas déclaré la guerre... »

Morissot l'interrompit : « Avec les rois on a la guerre au-dehors ; avec la République on a la guerre au-dedans. »

Et tranquillement ils se mirent à discuter, débrouillant les grands problèmes politiques avec une raison saine d'hommes doux et bornés, tombant d'accord sur ce point, qu'on ne serait jamais libres. Et le Mont-Valérien tonnait sans repos, démolissant à coups de boulet des maisons françaises, broyant des vies, écrasant des êtres, mettant fin à bien des rêves, à bien des joies attendues, à bien des bonheurs espérés, ouvrant en des cœurs de femmes, en des cœurs de filles, en des cœurs de mères, là-bas, en d'autres pays, des souffrances qui ne finiraient plus.

« C'est la vie », déclara M. Sauvage.

« Dites plutôt que c'est la mort », reprit en riant Morissot.

Mais ils tressaillirent effarés, sentant bien qu'on venait de marcher derrière eux ; et ayant tourné les yeux, ils aperçurent, debout contre leurs épaules, quatre grands hommes armés et barbus, vêtus comme des domestiques en livrée et coiffés de casquettes plates, les tenant en joue au bout de leurs fusils.

Les deux lignes s'échappèrent de leurs mains et se mirent à descendre la rivière.

En quelques secondes, ils furent saisis, attachés, emportés, jetés dans une barque et passés dans l'île.

Et derrière la maison qu'ils avaient crue abandonnée, ils aperçurent une vingtaine de soldats allemands.

Une sorte de géant velu, qui fumait, à cheval sur une chaise, une grande pipe de porcelaine, leur demanda, en excellent français : « Eh bien, messieurs, avez-vous fait bonne pêche ? »

Alors un soldat déposa aux pieds de l'officier le filet plein de poissons, qu'il avait eu soin d'emporter. Le Prussien sourit : « Eh ! eh ! je vois que ça n'allait pas mal. Mais il s'agit d'autre chose. Écoutez-moi et ne vous troublez pas.

« Pour moi, vous êtes deux espions envoyés pour me guetter. Je vous prends et je vous fusille. Vous faisiez semblant de pêcher, afin de mieux dissimuler vos projets. Vous êtes tombés entre mes mains, tant pis pour vous ; c'est la guerre.

« Mais comme vous êtes sortis par les avant-postes, vous avez assurément un mot d'ordre pour rentrer. Donnez-moi ce mot d'ordre et je vous fais grâce. »

Les deux amis, livides, côte à côte, les mains agitées d'un léger tremblement nerveux, se taisaient.

L'officier reprit : « Personne ne le saura jamais, vous rentrerez paisiblement. Le secret disparaîtra avec vous. Si vous refusez, c'est la mort, et tout de suite. Choisissez. »

Ils demeuraient immobiles sans ouvrir la bouche.

Le Prussien, toujours calme, reprit en étendant la main vers la rivière : « Songez que dans cinq minutes, vous serez au fond de cette eau. Dans cinq minutes ! Vous devez avoir des parents ? »

Le Mont-Valérien tonnait toujours.

Les deux pêcheurs restaient debout et silencieux. L'Allemand donna des ordres dans sa langue. Puis il changea sa chaise de place pour ne pas se trouver trop près des prisonniers ; et douze hommes vinrent se placer à vingt pas, le fusil au pied.

L'officier reprit : « Je vous donne une minute, pas deux secondes de plus. »

Puis il se leva brusquement, s'approcha des deux Français, prit Morissot sous le bras, l'entraîna plus loin, lui dit à voix basse : « Vite, ce mot d'ordre ? Votre camarade ne saura rien, j'aurai l'air de m'attendrir. »

Morissot ne répondit rien.

Le Prussien entraîna alors M. Sauvage et lui posa la même question.

M. Sauvage ne répondit pas.

Ils se retrouvèrent côte à côte.

Et l'officier se mit à commander. Les soldats élevèrent leurs armes.

Alors le regard de Morissot tomba par hasard sur le filet plein de goujons, resté dans l'herbe, à quelques pas de lui.

Un rayon de soleil faisait briller le tas de poissons qui s'agitaient encore. Et une défaillance l'envahit. Malgré ses efforts, ses yeux s'emplirent de larmes.

Il balbutia : « Adieu, monsieur Sauvage. »

M. Sauvage répondit : « Adieu, monsieur Morissot. »

Ils se serrèrent la main, secoués des pieds à la tête par d'invincibles tremblements.

L'officier cria : Feu !

Les douze coups n'en firent qu'un.

M. Sauvage tomba d'un bloc sur le nez. Morissot, plus grand, oscilla, pivota et s'abattit en travers sur son camarade, le visage au ciel, tandis que des bouillons de sang s'échappaient de sa tunique crevée à la poitrine.

L'Allemand donna de nouveaux ordres.

Ses hommes se dispersèrent, puis revinrent avec des cordes et des pierres qu'ils attachèrent aux pieds des deux morts ; puis ils les portèrent sur la berge.

Le Mont-Valérien ne cessait pas de gronder, coiffé maintenant d'une montagne de fumée.

Deux soldats prirent Morissot par la tête et par les jambes ; deux autres saisirent M. Sauvage de la même façon. Les corps, un instant balancés avec force, furent lancés au loin, décrivirent une courbe, puis plongèrent, debout, dans le fleuve, les pierres entraînant les pieds d'abord.

L'eau rejaillit, bouillonna, frissonna, puis se calma, tandis que de toutes petites vagues s'en venaient jusqu'aux rives.

Un peu de sang flottait.

L'officier, toujours serein, dit à mi-voix : « C'est le tour des poissons maintenant. »

Puis il revint vers la maison.

Et soudain il aperçut le filet aux goujons dans l'herbe. Il le ramassa, l'examina, sourit, cria : « Wilhem ! »

Un soldat accourut, en tablier blanc. Et le Prussien, lui jetant la pêche des deux fusillés, commanda : « Fais-moi frire tout de suite ces petits animaux-là pendant qu'ils sont encore vivants. Ce sera délicieux. »

Puis il se remit à fumer sa pipe.

LE VOLEUR[1]

« Puisque je vous dis qu'on ne la croira pas.

— Racontez tout de même.

— Je le veux bien. Mais j'éprouve d'abord le besoin de vous affirmer que mon histoire est vraie en tous points, quelque invraisemblable qu'elle paraisse. Les peintres seuls ne s'étonneront point, surtout les vieux qui ont connu cette époque où l'esprit farceur sévissait si bien qu'il nous hantait encore dans les circonstances les plus graves. »

Et le vieil artiste se mit à cheval sur une chaise.

Ceci se passait dans la salle à manger d'un hôtel de Barbizon.

Il reprit : « Donc nous avions dîné ce soir-là chez le pauvre Sorieul, aujourd'hui mort, le plus enragé de nous. Nous étions trois seulement : Sorieul, moi et Le Poittevin, je crois ; mais je n'oserais affirmer que c'était lui. Je parle, bien entendu, du peintre de marine Eugène Le Poittevin, mort aussi, et non du paysagiste, bien vivant et plein de talent.

Dire que nous avions dîné chez Sorieul, cela signifie que nous étions gris. Le Poittevin seul avait gardé sa raison, un peu noyée il est vrai, mais claire encore. Nous étions jeunes, en ce temps-là. Étendus sur des tapis, nous discourions extravagamment dans la petite chambre qui touchait à l'atelier. Sorieul, le dos à terre, les jambes sur une chaise, parlait bataille, discourait sur les uniformes de l'Empire, et soudain se levant, il prit dans sa grande armoire aux accessoires une tunique complète de hussard, et s'en revêtit. Après quoi il contraignit Le Poittevin à se costumer en grenadier. Et comme celui-ci résistait, nous l'empoignâmes, et, après l'avoir déshabillé, nous l'introduisîmes dans un uniforme immense où il fut englouti.

Je me déguisai moi-même en cuirassier. Et Sorieul nous fit·exécuter un mouvement compliqué. Puis il s'écria : « Puisque nous sommes ce soir des soudards, buvons comme des soudards. »

Un punch fut allumé, avalé, puis une seconde fois la flamme s'éleva sur le bol rempli de rhum. Et nous chantions à pleine gueule des chansons anciennes, des chansons que braillaient jadis les vieux troupiers de la grande armée.

Tout à coup Le Poittevin, qui restait, malgré tout, presque maître de lui, nous fit taire, puis, après un silence de quelques secondes, il dit à mi-voix : « Je suis sûr qu'on a marché dans l'atelier. » Sorieul se leva comme il put, et s'écria : « Un voleur ! quelle chance ! » Puis, soudain, il entonna la *Marseillaise* :

Aux armes, citoyens !

Et, se précipitant sur une panoplie, il nous équipa, selon nos uniformes. J'eus une sorte de mousquet et un sabre ; Le Poittevin, un gigantesque fusil à baïonnette, et Sorieul, ne trouvant pas ce qu'il fallait, s'empara d'un pistolet d'arçon qu'il glissa dans sa ceinture, et d'une hache d'abordage qu'il brandit. Puis il ouvrit avec précaution la porte de l'atelier, et l'armée entra sur le territoire suspect.

Quand nous fûmes au milieu de la vaste pièce encombrée de toiles immenses, de meubles, d'objets singuliers et inattendus, Sorieul nous dit : « Je me nomme général. Tenons un conseil de guerre. Toi, les cuirassiers, tu vas couper la retraite à l'ennemi, c'est-à-dire donner un tour de clef à la porte. Toi, les grenadiers, tu seras mon escorte. »

J'exécutai le mouvement commandé, puis je rejoignis le gros des troupes qui opérait une reconnaissance.

Au moment où j'allais le rattraper derrière un grand paravent, un bruit furieux éclata. Je m'élançai, portant toujours une bougie à la main. Le Poittevin venait de traverser d'un coup de baïonnette la poitrine d'un mannequin dont Sorieul fendait la tête à coups de hache. L'erreur reconnue, le général commanda : « Soyons prudents », et les opérations recommencèrent.

Depuis vingt minutes au moins on fouillait tous les coins et recoins de l'atelier, sans succès, quand Le Poittevin eut l'idée d'ouvrir un immense placard. Il était sombre et profond, j'avançai mon bras qui tenait la lumière, et je reculai stupéfait ; un homme était là, un homme vivant, qui m'avait regardé.

Immédiatement, je refermai le placard à deux tours de clef, et on tint de nouveau conseil.

Les avis étaient très partagés. Sorieul voulait enfermer le voleur. Le Poittevin parlait de le prendre par la famine. Je proposai de faire sauter le placard avec de la poudre.

L'avis de Le Poittevin prévalut ; et, pendant qu'il montait la garde avec son grand fusil, nous allâmes chercher le reste du punch et nos pipes ; puis on s'installa devant la porte fermée, et on but au prisonnier.

Au bout d'une demi-heure, Sorieul dit : « C'est égal, je voudrais bien le voir de près. Si nous nous emparions de lui par la force ? »

Je criai : « Bravo ! » Chacun s'élança sur ses armes ; la porte du placard fut ouverte, et Sorieul, armant son pistolet qui n'était pas chargé, se précipita le premier.

Nous le suivîmes en hurlant. Ce fut une bousculade effroyable dans l'ombre ; et après cinq minutes d'une lutte invraisemblable, nous ramenâmes au jour une sorte de vieux bandit à cheveux blancs, sordide et déguenillé.

On lui lia les pieds et les mains, puis on l'assit dans un fauteuil. Il ne prononça pas une parole.

Alors Sorieul, pénétré d'une ivresse solennelle, se tourna vers nous :

« Maintenant nous allons juger ce misérable. »

J'étais tellement gris que cette proposition me parut toute naturelle.

Le Poittevin fut chargé de présenter la défense et moi de soutenir l'accusation.

Il fut condamné à mort à l'unanimité moins une voix, celle de son défenseur.

« Nous allons l'exécuter », dit Sorieul. Mais un scrupule lui vint : « Cet homme ne doit pas mourir privé des secours de la religion. Si on allait chercher un prêtre ? » J'objectai qu'il était tard. Alors Sorieul me proposa de remplir cet office ; et il exhorta le criminel à se confesser dans mon sein.

L'homme, depuis cinq minutes, roulait des yeux épouvantés, se demandant à quel genre d'êtres il avait affaire. Alors il articula d'une voix creuse, brûlée par l'alcool : « Vous voulez rire, sans doute. » Mais Sorieul l'agenouilla de force, et, de crainte que ses parents eussent omis de le faire baptiser, il lui versa sur le crâne un verre de rhum.

Puis il dit :

« Confesse-toi à monsieur ; ta dernière heure a sonné. »

Éperdu, le vieux gredin se mit à crier :

« Au secours ! » avec une telle force qu'on fut contraint de le bâillonner pour ne pas réveiller tous les voisins. Alors il se roula par terre, ruant et se tordant, renversant les meubles, crevant les toiles. A la fin, Sorieul, impatienté, cria : « Finissons-en. » Et visant le misérable étendu par terre, il pressa la détente de son pistolet. Le chien tomba avec un petit bruit sec. Emporté par l'exemple, je tirai à mon tour. Mon fusil, qui était à pierre, lança une étincelle dont je fus surpris.

Alors Le Poittevin prononça gravement ces paroles : « Avons-nous bien le droit de tuer cet homme ? »

Sorieul, stupéfait, répondit : « Puisque nous l'avons condamné à mort ! »

Mais Le Poittevin reprit : « On ne fusille pas les civils, celui-ci doit être livré au bourreau. Il faut le conduire au poste. »

L'argument nous parut concluant. On ramassa l'homme, et comme il ne pouvait marcher, il fut placé sur une planche de table à modèle, solidement attaché, et je l'emportai avec Le Poittevin, tandis que Sorieul, armé jusqu'aux dents, fermait la marche.

Devant le poste, la sentinelle nous arrêta. Le chef de poste, mandé, nous reconnut, et, comme chaque jour il était témoin de nos farces, de nos scies, de nos inventions invraisemblables, il se contenta de rire et refusa notre prisonnier.

Sorieul insista : alors le soldat nous invita sévèrement à retourner chez nous sans faire de bruit.

La troupe se remit en route et rentra dans l'atelier. Je demandai : « Qu'allons-nous faire du voleur ? »

Le Poittevin, attendri, affirma qu'il devait être bien fatigué, cet homme. En effet, il avait l'air agonisant, ainsi ficelé, bâillonné, ligaturé sur sa planche.

Je fus pris à mon tour d'une pitié violente, une pitié d'ivrogne, et, enlevant son bâillon, je lui demandai : « Eh bien, mon pauv'vieux, comment ça va-t-il ? »

Il gémit : « J'en ai assez, nom d'un chien ! » Alors Sorieul devint paternel. Il le délivra de tous ses liens, le fit asseoir, le tutoya, et, pour le réconforter, nous nous mîmes tous trois à préparer bien vite un nouveau punch. Le voleur, tranquille dans son fauteuil, nous regardait. Quand la boisson fut prête, on lui tendit un verre ; nous lui aurions volontiers soutenu la tête, et on trinqua.

Le prisonnier but autant qu'un régiment. Mais, comme le jour commençait à paraître, il se leva, et, d'un air fort calme : « Je vais être obligé de vous quitter, parce qu'il faut que je rentre chez moi. »

Nous fûmes désolés ; on voulut le retenir encore, mais il se refusa à rester plus longtemps.

Alors on se serra la main, et Sorieul, avec sa bougie, l'éclaira dans le vestibule, en criant : « Prenez garde à la marche sous la porte cochère. »

On riait franchement autour du conteur. Il se leva, alluma sa pipe, et il ajouta, en se campant en face de nous :

« Mais le plus drôle de mon histoire, c'est qu'elle est vraie. »

NUIT DE NOËL[1]

« Le Réveillon ! le Réveillon ! Ah ! mais non, je ne réveillonnerai pas ! »

Le gros Henri Templier disait cela d'une voix furieuse, comme si on lui eût proposé une infamie.

Les autres, riant, s'écrièrent : « Pourquoi te mets-tu en colère ? »

Il répondit : « Parce que le réveillon m'a joué le plus sale tour du monde, et que j'ai gardé une insurmontable horreur pour cette nuit stupide de gaieté imbécile.

— Quoi donc ?

— Quoi ? Vous voulez le savoir ? Eh bien, écoutez :

Vous vous rappelez comme il faisait froid, voici deux ans, à cette époque ; un froid à tuer les pauvres dans la rue. La Seine gelait, les trottoirs glaçaient les pieds à travers les semelles des bottines ; le monde semblait sur le point de crever.

J'avais alors un gros travail en train et je refusai toute invitation pour le réveillon, préférant passer la nuit devant une table. Je dînai seul ; puis je me mis à l'œuvre. Mais voilà que, vers dix heures, la

155

pensée de la gaieté courant Paris, le bruit des rues qui me parvenait malgré tout, les préparatifs de souper de mes voisins, entendus à travers les cloisons, m'agitèrent. Je ne savais plus ce que je faisais ; j'écrivais des bêtises ; et je compris qu'il fallait renoncer à l'espoir de produire quelque chose de bon cette nuit-là.

Je marchai un peu à travers ma chambre. Je m'assis, je me relevai. Je subissais, certes, la mystérieuse influence de la joie du dehors, et je me résignai.

Je sonnai ma bonne et je lui dis : « Angèle, allez m'acheter de quoi souper à deux : des huîtres, un perdreau froid, des écrevisses, du jambon, des gâteaux. Montez-moi deux bouteilles de champagne : mettez le couvert et couchez-vous. »

Elle obéit, un peu surprise. Quand tout fut prêt, j'endossai mon pardessus, et je sortis.

Une grosse question restait à résoudre : Avec qui allais-je réveillonner ? Mes amies étaient invitées partout. Pour en avoir une, il aurait fallu m'y prendre d'avance. Alors, je songeai à faire en même temps une bonne action. Je me dis : Paris est plein de pauvres et belles filles qui n'ont pas un souper sur la planche, et qui errent en quête d'un garçon généreux. Je veux être la Providence de Noël d'une de ces déshéritées.

Je vais rôder, entrer dans les lieux de plaisir, questionner, chasser, choisir à mon gré.

Et je me mis à parcourir la ville.

Certes, je rencontrai beaucoup de pauvres filles cherchant aventure, mais elles étaient laides à donner une indigestion, ou maigres à geler sur pied si elles s'étaient arrêtées.

J'ai un faible, vous le savez, j'aime les femmes nourries. Plus elles sont en chair, plus je les préfère. Une colosse me fait perdre la raison.

Soudain, en face du théâtre des Variétés, j'aperçus un profil à mon gré. Une tête, puis, par-devant, deux bosses, celle de la poitrine, fort belle, celle du dessous surprenante : un ventre d'oie grasse. J'en frissonnai, murmurant : « Sacristi, la belle fille ! » Un point me restait à éclaircir : le visage.

Le visage, c'est le dessert ; le reste c'est... c'est le rôti.

Je hâtai le pas, je rejoignis cette femme errante, et, sous un bec de gaz, je me retournai brusquement. Elle était charmante, toute jeune, brune, avec de grands yeux noirs.

Je fis ma proposition qu'elle accepta sans hésitation.

Un quart d'heure plus tard, nous étions attablés dans mon appartement.

Elle dit en entrant : « Ah ! on est bien ici. »

Et elle regarda autour d'elle avec la satisfaction visible d'avoir trouvé la table et le gîte en cette nuit glaciale. Elle était superbe, tellement jolie qu'elle m'étonnait, et grosse à ravir mon cœur pour toujours.

Elle ôta son manteau, son chapeau, s'assit et se mit à manger ; mais elle ne paraissait point en train ; et parfois sa figure un peu pâle tressaillait comme si elle eût souffert d'un chagrin caché.

Je lui demandai : « Tu as des embêtements ? »

Elle répondit : « Bah ! oublions tout. »

Et elle se mit à boire. Elle vidait d'un trait son verre de champagne, le remplissait et le revidait encore, sans cesse.

Bientôt un peu de rougeur lui vint aux joues ; et elle commença à rire.

Moi, je l'adorais déjà, l'embrassant à pleine bouche, découvrant qu'elle n'était ni bête, ni commune, ni grossière comme les filles du trottoir. Je lui

demandai des détails sur sa vie. Elle répondit :
« Mon petit, cela ne te regarde pas ! »

Hélas ! une heure plus tard...

Enfin, le moment vint de se mettre au lit, et, pendant que j'enlevais la table dressée devant le feu, elle se déshabilla hâtivement et se glissa sous les couvertures.

Mes voisins faisaient un vacarme affreux, riant et chantant comme des fous ; et je me disais : « J'ai eu rudement raison d'aller chercher cette belle fille ; je n'aurais jamais pu travailler. »

Un profond gémissement me fit me retourner. Je demandai : « Qu'as-tu, ma chatte ? » Elle ne répondit pas, mais elle continuait à pousser des soupirs douloureux, comme si elle eût souffert horriblement.

Je repris : « Est-ce que tu te trouves indisposée ? »

Et soudain elle jeta un cri, un cri déchirant. Je me précipitai, une bougie à la main.

Son visage était décomposé par la douleur, et elle se tordait les mains, haletante, envoyant du fond de sa gorge ces sortes de gémissements sourds qui semblaient des râles et qui font défaillir le cœur.

Je demandai, éperdu : « Mais qu'as-tu ? dis-moi, qu'as-tu ? »

Elle ne répondit pas et se mit à hurler.

Tout à coup les voisins se turent, écoutant ce qui se passait chez moi.

Je répétais : « Où souffres-tu, dis-moi, où souffres-tu ? »

Elle balbutia : « Oh ! mon ventre ! mon ventre ! »

D'un seul coup je relevai la couverture, et j'aperçus...

Elle accouchait, mes amis.

Alors je perdis la tête ; je me précipitai sur le mur

que je heurtai à coups de poing, de toute ma force, en vociférant : « Au secours, au secours ! »

Ma porte s'ouvrit ; une foule se précipita chez moi, des hommes en habit, des femmes décolletées, des Pierrots, des Turcs, des Mousquetaires. Cette invasion m'affola tellement que je ne pouvais même plus m'expliquer.

Eux, ils avaient cru à quelque accident, à un crime peut-être, et ne comprenaient plus.

Je dis enfin : « C'est... c'est... cette... cette femme qui... qui accouche. »

Alors tout le monde l'examina, dit son avis. Un capucin surtout prétendait s'y connaître, et voulait aider la nature.

Ils étaient gris comme des ânes. Je crus qu'ils allaient la tuer ; et je me précipitai, nu-tête, dans l'escalier, pour chercher un vieux médecin qui habitait dans une rue voisine.

Quand je revins avec le docteur, toute ma maison était debout ; on avait rallumé le gaz de l'escalier ; les habitants de tous les étages occupaient mon appartement ; quatre débardeurs attablés achevaient mon champagne et mes écrevisses.

A ma vue, un cri formidable éclata, et une laitière me présenta dans une serviette un affreux petit morceau de chair ridée, plissée, geignante, miaulant comme un chat ; et elle me dit : « C'est une fille. »

Le médecin examina l'accouchée, déclara douteux son état, l'accident ayant eu lieu immédiatement après un souper, et il partit en annonçant qu'il allait m'envoyer immédiatement une garde-malade et une nourrice.

Les deux femmes arrivèrent une heure après, apportant un paquet de médicaments.

Je passai la nuit dans un fauteuil, trop éperdu pour réfléchir aux suites.

Dès le matin, le médecin revint. Il trouva la malade assez mal.

Il me dit : « Votre femme, monsieur... »

Je l'interrompis : « Ce n'est pas ma femme. »

Il reprit : « Votre maîtresse, peu m'importe. » Et il énuméra les soins qu'il lui fallait, le régime, les remèdes.

Que faire ? Envoyer cette malheureuse à l'hôpital ? J'aurais passé pour un manant dans toute la maison, dans tout le quartier.

Je la gardai. Elle resta dans mon lit six semaines.

L'enfant ? Je l'envoyai chez des paysans de Poissy. Il me coûte encore cinquante francs par mois. Ayant payé dans le début, me voici forcé de payer jusqu'à ma mort.

Et, plus tard, il me croira son père.

Mais, pour comble de malheur, quand la fille a été guérie... elle m'aimait... elle m'aimait éperdument, la gueuse !

— Eh bien ?

— Eh bien, elle était devenue maigre comme un chat de gouttière ; et j'ai flanqué dehors cette carcasse qui me guette dans la rue, se cache pour me voir passer, m'arrête le soir quand je sors, pour me baiser la main, m'embête enfin à me rendre fou.

Et voilà pourquoi je ne réveillonnerai plus jamais.

LE REMPLAÇANT[1]

« Mme Bonderoi ?
— Oui, Mme Bonderoi.
— Pas possible ?
— Je — vous — le — dis.
— Mme Bonderoi, la vieille dame à bonnets de dentelle, la dévote, la sainte, l'honorable Mme Bonderoi dont les petits cheveux follets et faux ont l'air collé autour du crâne.
— Elle-même.
— Oh ! voyons, vous êtes fou ?
— Je — vous — le — jure.
— Alors, dites-moi tous les détails ? »
Les voici. Du temps de M. Bonderoi, l'ancien notaire, Mme Bonderoi utilisait, dit-on, les clercs pour son service particulier. C'est une de ces respectables bourgeoises à vices secrets et à principes inflexibles, comme il en est beaucoup. Elle aimait les beaux garçons ; quoi de plus naturel ? N'aimons-nous pas les belles filles ?

Une fois que le père Bonderoi fut mort, la veuve se mit à vivre en rentière paisible et irréprochable. Elle fréquentait assidûment l'église, parlait dédaigneusement du prochain, et ne laissait rien à dire sur elle.

Puis elle vieillit, elle devint la petite bonne femme que vous connaissez, pincée, sûrie, mauvaise.

Or, voici l'aventure invraisemblable arrivée jeudi dernier :

Mon ami Jean d'Anglemare est, vous le savez, capitaine aux dragons, caserné dans le faubourg de la Rivette.

En arrivant au quartier, l'autre matin, il apprit que deux hommes de sa compagnie s'étaient flanqué une abominable tripotée. L'honneur militaire a des lois sévères. Un duel eut lieu. Après l'affaire, les soldats se réconcilièrent et, interrogés par leur officier, lui racontèrent le sujet de la querelle. Ils s'étaient battus pour Mme Bonderoi.

« Oh !

— Oui, mon ami, pour Mme Bonderoi ! »

Mais je laisse la parole au cavalier Siballe :

Voilà l'affaire, mon cap'taine. Y a z'environ dix-huit mois, je me promenais sur le cours, entre six et sept heures du soir, quand une particulière m'aborda.

Elle me dit, comme si elle m'avait demandé son chemin : « Militaire, voulez-vous gagner honnêtement dix francs par semaine ? »

Je lui répondis sincèrement : « A vot' service, madame. »

Alors ell' me dit : « Venez me trouver demain, à midi. Je suis Mme Bonderoi, 6, rue de la Tranchée.

— J' n'y manquerai pas, madame, soyez tranquille. »

Puis, ell' me quitta d'un air content en ajoutant : « Je vous remercie bien, militaire.

— C'est moi qui vous remercie, madame. »

Ça ne laissa pas que d'me taquiner jusqu'au lendemain.

A midi, je sonnais chez elle.

Ell' vint m'ouvrir elle-même. Elle avait un tas de petits rubans sur la tête.

« Dépêchons-nous, dit-elle, parce que ma bonne pourrait rentrer. »

Je répondis : « Je veux bien me dépêcher. Qu'est-ce qu'il faut faire ? »

Alors, elle se mit à rire et riposta : « Tu ne comprends pas, gros malin ? »

Je n'y étais plus, mon cap'taine, parole d'honneur.

Ell' vint s'asseoir tout près de moi, et me dit : « Si tu répètes un mot de tout ça, je te ferai mettre en prison. Jure que tu seras muet. »

Je lui jurai ce qu'ell' voulut. Mais je ne comprenais toujours pas. J'en avais la sueur au front. Alors je retirai mon casque oùsqu'était mon mouchoir. Elle le prit, mon mouchoir, et m'essuya les cheveux des tempes. Puis v'là qu'ell' m'embrasse et qu'ell' me souffle dans l'oreille :

« Alors, tu veux bien ? »

Je répondis : « Je veux bien ce que vous voudrez, madame, puisque je suis venu pour ça. »

Alors ell' se fit comprendre ouvertement par des manifestations. Quand j'vis de quoi il s'agissait, je posai mon casque sur une chaise ; et je lui montrai que dans les dragons on ne recule jamais, mon cap'taine.

Ce n'est pas que ça me disait beaucoup, car la particulière n'était pas dans sa primeur. Mais y ne faut pas se montrer trop regardant dans le métier, vu que les picaillons sont rares. Et puis on a de la famille qu'il faut soutenir. Je me disais : « Y aura cent sous pour le père, là-dessus. »

Quand la corvée a été faite, mon cap'taine, je me suis mis en position de me retirer. Elle aurait bien voulu que je ne parte pas sitôt. Mais je lui dis : « Chacun son dû, madame. Un p'tit verre ça coûte deux sous, et deux p'tits verres, ça coûte quatre sous. »

Ell' comprit bien le raisonnement et me mit un p'tit napoléon de dix balles au fond de la main. Ça ne m'allait guère, c'te monnaie-là, parce que ça vous coule dans la poche, et quand les pantalons ne sont pas bien cousus, on la retrouve dans ses bottes, ou bien on ne la retrouve pas.

Alors que je regardais ce pain à cacheter jaune en me disant ça, ell' me contemple ; et puis ell' devient rouge, et ell' se trompe sur ma physionomie, et ell' me demande :

« Est-ce que tu trouves que c'est pas assez ? »

Je lui réponds :

« Ce n'est pas précisément ça, madame, mais, si ça ne vous faisait rien, j'aimerais mieux deux pièces de cent sous. »

Ell' me les donna et je m'éloignai.

Or, voilà dix-huit mois que ça dure, mon cap'-taine. J'y vas tous les mardis, le soir, quand vous consentez à me donner permission. Elle aime mieux ça, parce que sa bonne est couchée.

Or donc, la semaine dernière, je me trouvai indisposé ; et il me fallut tâter de l'infirmerie. Le mardi arrive, pas moyen de sortir ; et je me mangeais les sangs par rapport aux dix balles dont je me trouve accoutumé.

Je me dis : « Si personne y va, je suis rasé ; qu'elle prendra pour sûr un artilleur. » Et ça me révolutionnait.

Alors, je fais demander Paumelle, que nous sommes pays ; et je lui dis la chose : « Y aura cent sous pour toi, cent sous pour moi, c'est convenu. »

Y consent, et le v'là parti. J'y avais donné les renseignements. Y frappe ; ell' ouvre, ell' le fait entrer ; ell' l'y regarde pas la tête et s'aperçoit point qu'c'est pas le même.

Vous comprenez, mon cap'taine, un dragon et un dragon, quand ils ont le casque, ça se ressemble.

Mais soudain, elle découvre la transformation, et ell' demande d'un air de colère :

« Qu'est-ce que vous êtes ? Qu'est-ce que vous voulez ? Je ne vous connais pas, moi ? »

Alors Paumelle explique. Il démontre que je suis indisposé et il expose que je l'ai envoyé pour remplaçant.

Elle le regarde, lui fait aussi jurer le secret, et puis elle l'accepte, comme bien vous pensez, vu que Paumelle n'est pas mal aussi de sa personne.

Mais quand ce limier-là fut revenu, mon cap'-taine, il ne voulait plus me donner mes cent sous. Si ça avait été pour moi, j'aurais rien dit, mais c'était pour le père ; et là-dessus, pas de blague.

Je lui dis :

« T'es pas délicat dans tes procédés, pour un dragon, que tu déconsidères l'uniforme. »

Il a levé la main, mon cap'taine, en disant que c'te corvée-là, ça valait plus du double.

Chacun son jugement, pas vrai ? Fallait point qu'il accepte. J'y ai mis mon poing dans le nez. Vous avez connaissance du reste.

Le capitaine d'Anglemare riait aux larmes en me disant l'histoire. Mais il m'a fait aussi jurer le secret qu'il avait garanti aux deux soldats.

« Surtout, n'allez pas me trahir, gardez ça pour vous, vous me le promettez ?

— Oh ! ne craignez rien. Mais comment tout cela s'est-il arrangé en définitive ?

— Comment ? Je vous le donne en mille !... La

mère Bonderoi garde ses deux dragons, en leur réservant chacun leur jour. De cette façon, tout le monde est content.

— Oh ! elle est bien bonne, bien bonne !

— Et les vieux parents ont du pain sur la planche. La morale est satisfaite. »

COMMENTAIRES

par

Louis Forestier

L'originalité de l'œuvre

C'est bien une question que l'on peut se poser. En effet, Maupassant paraît plutôt se plier à des modes, dans deux domaines : la forme du recueil, et son contenu.

Pour ce qui est de la forme, il s'agit d'un ensemble de nouvelles. Rien n'est plus banal, vers 1880. Ce type de volume pullule : je ne citerai que *Les Contes du lundi* et *Les Lettres de mon moulin* de Daudet, ou *Les Soirées de Médan*. Maupassant collabora à ce livre, en même temps que Zola, Huysmans et quelques autres. Le succès fut vif. Pourquoi ne pas continuer ? C'est ce que fit l'auteur, dès 1881, avec *La Maison Tellier*. En 1882, il renouvelle cette expérience heureuse : c'est *Mademoiselle Fifi*. Pourquoi la nouvelle, en général, plaît-elle ? Parce qu'elle correspond à un goût du public, déterminé par un phénomène de média. La presse quotidienne d'alors s'intéressait, beaucoup plus qu'aujourd'hui, à la littérature. Le lecteur trouvait, chaque jour, dans son journal préféré (et il y avait beaucoup de journaux après 1881) au moins un roman donné en feuilleton et un texte court, communément appelé « conte », « nouvelle » ou, simplement, « récit ». Le gros avantage de cette dernière formule était de procurer à l'abonné une histoire complète. D'un côté, le feuilleton le tenait en haleine ; de l'autre, il avait la satisfaction de posséder la totalité d'une aventure. D'où la constitution d'un genre littéraire bref qui est beaucoup plus dans les traditions anglo-saxonnes *(the short-novel)* que dans les habitudes françaises.

Une formule était à trouver. Là est la première originalité de Maupassant. La clef de tout est d'établir une constante complicité avec son lecteur : il est pris à témoin, il participe, il vit les péripéties de l'aventure. Deux problèmes techniques se posent donc, que Maupassant résout avec aisance : transformer le lecteur en auditeur ; autrement dit : qu'il ait l'impression d'être assis au milieu des témoins de ces diverses histoires. On ne lui impose pas un récit ; il est dedans. D'où la constitution de deux formules. L'une a un caractère public : un conteur va faire devant un auditoire déterminé un récit auquel le lecteur est implicitement intégré ; l'autre est plus intime : l'histoire prend la forme d'une lettre dont chacun peut imaginer qu'il est le destinataire indiscret, mais intéressé. On sent que, dans *Mademoiselle Fifi*, Maupassant hésite encore : la première formule, que nous verrons dans *Les Contes de la Bécasse* par exemple, apparaît peu ici. En revanche, la missive supposée est largement utilisée : « Marroca », « La Relique », « Le Lit », « Mots d'amour ». Enfin, il sacrifie encore à la formule traditionnelle du roman : c'est un narrateur tout-puissant qui conduit l'intrigue de « Mademoiselle Fifi », « Madame Baptiste », « A cheval », etc. A travers ce recueil, c'est une manière qui se cherche.

Quant aux sujets, on dirait qu'ils sont dans le vent. Affaires un peu osées : c'est le naturalisme ambiant. Règlement de compte franco-allemand :

c'est le dernier cri de la politique. Paraissent aller dans ce sens : « Mademoiselle Fifi », « Le Remplaçant », « Nuit de Noël », « Deux amis ». La vérité est qu'ils renouvellent ces questions. A l'occasion d'un récit, l'auteur pose et, surtout, livre à la discussion un problème plus large. La nouveauté est peut-être là : Maupassant doute là où ses contemporains ont des certitudes. *Mademoiselle Fifi* est donc une remise en question de diverses valeurs morales, sociales et politiques. L'auteur n'est pas un théoricien ; il n'a ni programme, ni solution de rechange. Il invite à réfléchir sur les faits qu'il rapporte : cela vaut vraiment la peine.

Alors ? Le propos de Maupassant : parler à tous de faits ordinaires. Mais, la manière unique : mêler chacun à une aventure sans précédent.

Composition du recueil
Travail de Maupassant

Cette composition est sans mystère et fort rapide. Deux jours après la publication de la nouvelle « Mademoiselle Fifi » dans un quotidien, Maupassant écrit à l'éditeur belge Kistemaeckers : « J'ai bien une *nouvelle* longue, pas assez cependant pour faire 140 pages, mais qui fera du bruit, je le crois du moins ; j'y tiens beaucoup, persuadé qu'elle est bonne et tapageuse, mais elle ne pourrait aller seule. » Soucieux de réclame et de succès, l'auteur s'entend assez vite avec son éditeur et, vers le mois d'avril 1882, adresse sa copie, accompagnée d'une photographie, car l'édition doit comporter un portrait gravé par Just. Le livre parut au début du mois de mai.

Pour grossir le volume, Maupassant n'avait guère cherché loin : il s'était contenté de rassembler un certain nombre de textes parus, entre décembre 1881 et mars 1882, dans le quotidien *Gil Blas*. Cela explique le ton général de l'œuvre : *Gil Blas* s'adressait à un public que les histoires un peu osées n'effarouchaient pas, au contraire. Cette édition ne comportait que sept textes : « Mademoiselle Fifi », « La Bûche », « Le Lit », « Un réveillon », « Mots d'amour », « Une aventure parisienne », « Marroca ». Le seul effort de l'auteur a été, pour donner de l'équilibre au volume, d'encadrer les nouvelles courtes par les deux plus longues.

Nous ne possédons le manuscrit d'aucun des contes qui composent *Mademoiselle Fifi* ; il est donc impossible d'apprécier leur genèse et la facilité ou non avec laquelle l'auteur aurait pu les écrire. En revanche, pour deux d'entre eux, l'on observe d'importantes différences entre la version parue dans *Gil Blas* et celle du volume. Nous les étudierons en détail plus loin, dans les notes qui concernent chacun d'eux : « Mademoiselle Fifi » et « Marroca ». Disons sommairement que les changements affectent le nom des personnages et les conclusions dont le côté sarcastique ou cruel est accentué. Dans les autres contes, les corrections sont minimes, mais vont toutes dans le sens d'une plus grande clarté, d'une plus grande précision ou d'un pittoresque plus affirmé ; ainsi, dans « Madame Baptiste » un paragraphe est ajouté pour dépeindre l'agitation de la foule au moment de l'incident qui déclenche le dénouement.

En 1883, Maupassant publia, en France, et chez son éditeur habituel, Victor Havard, une seconde édition ; puis, encore une en 1893 : c'est celle que

172

nous reproduisons. Elle comporte onze contes de plus, publiés entre août 1882 et février 1883, soit dans *Gil Blas*, soit dans *Le Gaulois* (le détail est donné plus loin dans la note relative à chaque texte) ; il s'agit de « Madame Baptiste », « La Rouille », « La Relique », « Fou ? », « Réveil », « Une ruse », « A cheval », « Deux amis », « Le Voleur », « Nuit de Noël », « Le Remplaçant ». Ce volume paraît en librairie au mois d'avril, moins d'un an après la première édition : cela donne la mesure d'un succès.

L'accueil du public

Cet accueil fut chaleureux ; la preuve est que, en 1888, Maupassant pouvait dire que *Mademoiselle Fifi* était l'un de ses volumes qui s'était le mieux vendu. Ce succès populaire ne s'est pas démenti depuis. Le cinéma s'est même emparé du sujet (*Mademoiselle Fifi*, film de Robert Wise, 1944).

La critique s'est trouvée plus divisée. D'un côté, les naturalistes ou leurs amis, comme René Maizeroy (*Gil Blas*, 3 juillet 1882), se montrent favorables à l'œuvre ; en revanche, les critiques traditionnels sont réticents : les deux plus écoutés du temps dosent l'éloge pour mieux rajouter du blâme. Francisque Sarcey (dans *Le XIXe Siècle*, 4 juillet 1882) écrit : « A quoi bon se donner tant de mal pour étudier des êtres aussi peu dignes d'intérêt ? Ces âmes dépravées ne sont plus capables que d'un petit nombre de sentiments, qui tiennent tous de l'animalité. Le tour en est bientôt fait, et l'auteur a beau s'être armé d'une analyse très pénétrante : où il n'y a rien le roi perd ses droits.

« Je n'ai pu m'empêcher de me dire, en lisant *La Maison Tellier* : "Voilà de l'excellent style dépensé bien mal à propos !" Or, cette fois, c'est le tour de *Mademoiselle Fifi*.

« Encore une histoire du même genre !... Est-ce qu'il se serait pas temps pour M. Guy de Maupassant de porter sur d'autres objets son goût d'observation et son talent de style ? »

Albert Wolff (*Le Figaro*, 21 juillet 1882) lançait cet avertissement : « Croyez bien ceci, monsieur de Maupassant, il n'est pas nécessaire de toujours traîner sa plume dans les mauvais lieux pour être un homme de talent. » Piqué au vif, Maupassant répondit par deux articles dans lesquels il défendait les droits du réalisme (*Le Gaulois*, 20 et 28 juillet 1882).

Ainsi, la question avait d'abord été placée sur le terrain de la morale. C'est le style et la forme « romanesque » qui intéresse les écrivains et les critiques ultérieurs. Là encore, il serait assez aisé de tracer une ligne de séparation entre des romanciers héritiers des traditions du XIXᵉ (Claude Farrère, Jérôme et Jean Tharaud, Pierre Benoît), favorables, et d'autres qui, ayant vécu la « crise du roman » qu'analyse Michel Raimond, manifestent leur réticence : Jules Romains, Julien Gracq. D'autres parlent d'incompatibilité d'humeur. Oserai-je le dire quand il s'agit de si grands noms ? Il me semble que beaucoup de jugements sont motivés par la méconnaissance ou la désaffection qui ont frappé l'œuvre de Maupassant parmi beaucoup d'intellectuels, entre 1920 et 1970. L'intérêt des travaux de Pierre-Georges Castex, Pierre Cogny, Gérard Delaisement, René Dumesnil, Armand Lanoux, Albert-Marie Schmidt, André Vial, etc., n'en est que plus éclatant. Ils font ressortir la qualité du fantastique de Maupassant, sa pensée religieuse, sa place comme journaliste et comme nouvelliste, plus généralement sa place dans la société. Ainsi, évoquant le problème des prostituées, André Vial écrit « qu'elles recherchent, en d'autres ordres d'émotions, et parmi les plus élevées, des compensations qui les réhabilitent à leurs propres yeux. (...) Au patriotisme militant de ces filles répondent, chez l'écrivain, écho et sympathie, et l'esprit de satire s'exerce ici aux dépens des *classes* dirigeantes » (*Guy de Maupassant et l'art du roman*, 1954). Ce qui a frappé certains, c'est l'impression d'étouffement que donne cette œuvre. Marcel Jouhandeau se souvient d'avoir vu jouer *Mademoiselle Fifi* (probablement l'adaptation d'Oscar Méténier) et ajoute : « L'humanité qu'il (Maupassant) anime peut-être me semble murée en elle-même, réduite à un matérialisme étouffant. » Même sentiment chez François Mauriac *(Bloc-notes)* : « Ce monde de Maupassant est un monde bouché, hermétiquement clos. »

Un renouveau de la critique sur Maupassant se manifeste depuis peu. Il est particulièrement net dans le domaine sémiologique (A.-J. Greimas), sociologique (Ch. Castella, dans la ligne de René Girard), formaliste (Todorov). Il faudrait citer une foule d'excellents livres ou articles. C'est la preuve, non seulement du succès, mais de l'importance de l'œuvre.

Un dernier mot expliquera au lecteur pourquoi, à propos de ces textes, j'ai constamment hésité entre les termes de *contes* et de *nouvelles* (Maupassant hésitait aussi !) : « Entre le conte d'une part, et la nouvelle ou le roman d'autre part, Maupassant n'a pas choisi. Le pouvoir de ses héros, leur autonomie et leur vérité humaine sont toujours trop forts, chez lui, pour qu'il y ait exactement conte. La liberté de l'auteur, sa retenue, son quant à soi et son plaisir souverain restent toujours trop soigneusement réservés pour qu'il y ait exactement nouvelle ou roman. » (Marc Blancpain, 1954.)

Phrases clefs

Il ne faut pas demander à Maupassant ce qu'il ne possède pas : la sentence lapidaire du polémiste ou du moraliste. Les phrases que j'ai réunies, parfois banales, reflètent pourtant une « philosophie », ou plus modestement une vue du monde ; les femmes n'y sont guère épargnées : le pessimisme de Schopenhauer, et peut-être l'expérience privée de Maupassant, l'expliquent[1].

« Voyez-vous, madame, quel que soit l'amour qui les soude l'un à l'autre, l'homme et la femme sont toujours étrangers d'âme, d'intelligence ; ils restent deux belligérants ; ils sont d'une race différente ; il faut qu'il y ait toujours un dompteur et un dompté, un maître et un esclave ; tantôt l'un, tantôt l'autre ; ils ne sont jamais deux égaux. » (*La Bûche*, p. 65.)

« Le lit, songez-y, c'est le symbole de la vie. » (*Le Lit*, p. 80.)

« Qui sondera jamais les perversions de la sensualité des femmes ? » (*Fou ?*, p. 86.)

« Les femmes sont vraiment bien bizarres, compliquées et inexplicables. » (*Réveil*, p. 95.)

« Je suis même certain qu'une femme n'est mûre pour l'amour vrai qu'après avoir passé par toutes

---

1. Le lecteur comprendra que ces phrases sont extraites de leur contexte ; que Maupassant les prête à des personnages fictifs. Ce ne sont pas vérités révélées.

les promiscuités et tous les dégoûts du mariage, qui n'est, suivant un homme illustre, qu'un échange de mauvaises humeurs pendant le jour et de mauvaises odeurs pendant la nuit. » (*Une ruse*, pp. 97-98.)

« Il était entré, commis à quinze cents francs, au ministère de la Marine. Il avait échoué sur cet écueil comme tous ceux qui ne sont point préparés de bonne heure au rude combat de la vie, tous ceux qui voient l'existence à travers un nuage, qui ignorent les moyens et les résistances, en qui on n'a pas développé dès l'enfance des aptitudes spéciales, des facultés particulières, une âpre énergie à la lutte, tous ceux à qui on n'a pas remis une arme ou un outil dans la main. » (*A cheval*, p. 105.)

« Vois-tu, ma pauvre enfant, pour les hommes pas bêtes, un peu raffinés, un peu supérieurs, l'amour est un instrument si compliqué qu'un rien le détraque. Vous autres femmes, vous ne percevez jamais le ridicule de certaines choses quand vous aimez, et le grotesque des expressions vous échappe. » (*Mots d'amour*, p. 125.)

« Les affamés mangent en gloutons, mais les délicats sont dégoûtés, et ils ont souvent, pour peu de chose, d'invincibles répugnances. Il en est de l'amour comme de la cuisine. » (*Mots d'amour*, p. 127.)

« Un mot brutal, parfois, fait merveille, fouette la chair, fait bondir le cœur. Ceux-là sont permis aux heures de combat. Celui de Cambronne n'est-il pas sublime ? Rien ne choque qui vient à temps. Mais il faut aussi savoir se taire (...). » (*Mots d'amour*, p. 127.)

« Une femme, quand sa curiosité impatiente est en éveil, commettra toutes les folies, toutes les imprudences, aura toutes les audaces, ne reculera devant rien. Je parle des femmes vraiment femmes, douées de cet esprit à triple fond qui semble, à la surface, raisonnable et froid, mais dont les trois compartiments secrets sont remplis : l'un d'inquiétude féminine toujours agitée ; l'autre, de ruse colorée en bonne foi (...) ; le dernier enfin, de canaillerie charmante (...). » (*Une aventure parisienne*, p. 129.)

« Avec les rois on a la guerre au-dehors ; avec la République on a la guerre au-dedans. » (*Deux amis*, p. 144.)

Biobibliographie

Ce paragraphe ne détaille que ce qui est utile à la connaissance de *Mademoiselle Fifi*. Pour le reste, on pourra se reporter aux autres volumes de la même collection et, si l'on désire une chronologie très détaillée, aux deux volumes des *Contes et nouvelles* de Maupassant (bibl. de la Pléiade, 1974 et 1979).

5 août 1850. — Naissance de Maupassant.
1861-1869. — Années de collège (Yvetot, Rouen). Flaubert lit les premiers essais de Maupassant.
Juillet 1870. — Guerre franco-prussienne. Maupassant est attaché aux bureaux de l'intendance à Rouen.
Septembre 1870. — Désastre de Sedan, déchéance de l'Empire (voir : « Mademoiselle Fifi »). Maupassant se trouve à Paris.

Janvier 1871. — Début des bombardements prussiens sur Paris assiégé (voir : « Deux amis »).

1872. — Maupassant au ministère de la Marine (voir : « A cheval »), comme employé.

1874. — Il fréquente de nombreux peintres, dont son cousin Le Poittevin (voir : « Le Voleur »).

1875. — Premier conte publié.

1877. — Il fréquente le groupe des « naturalistes » (Zola).

1880. — Il publie *Des vers*, et collabore au recueil collectif *Les Soirées de Médan* avec « Boule de Suif ». C'est le succès immédiat ; désormais, Maupassant se consacre essentiellement à la littérature. Il va collaborer régulièrement à divers journaux et revues.

1881. — *La Maison Tellier.* Maupassant publie, dans *Gil Blas*, un certain nombre des contes qui constitueront *Mademoiselle Fifi*. En septembre, il effectue un voyage en Algérie (voir : « Marroca »).

Mai 1882. — Première édition de *Mademoiselle Fifi*, en Belgique.

1883. — Édition augmentée de *Mademoiselle Fifi*, à Paris chez Victor Havard. Guerre au Tonkin.

1884. — *Une vie, Clair de lune, Miss Harriet, Les Sœurs Rondoli.*

1885- — *Bel-Ami.*
Yvette ; Contes du jour et de la nuit ; Toine.

1886. — Séjours dans le Midi, ou à Étretat. Désormais, Maupassant paraît saisi d'un désir de « vie errante » (il donne ce titre à un livre d'impressions de voyages).
Monsieur Parent ; La Petite Roque.

1887. — *Mont-Oriol.* Le « monde » de la création littéraire de Maupassant se transforme :

après la toute petite bourgeoisie (voir : « A cheval », « Une aventure parisienne », etc.) et le monde du journalisme *(Bel-Ami)*, il s'intéresse au monde des affaires.

1888. — *Pierre et Jean.*
      Le Rosier de Madame Husson.

1889. — *Fort comme la Mort.*
      La Main gauche.

1890. — *Notre cœur ;*
      L'Inutile Beauté.
      La santé de Maupassant s'altère gravement.

1891. — Dernières ébauches : *L'Ame étrangère, L'Angélus.*

1892. — Nuit du 1er au 2 janvier, Maupassant tente de se donner la mort. Admission à la maison de santé du docteur Blanche, à Passy.

1893. — 6 juillet : mort de Maupassant.

NOTES

Mademoiselle Fifi

P. 17

1. Première publication dans *Gil Blas* (23 mars 1882). Figure dans la première édition en volume (1882).

Entre la préoriginale et l'édition du volume, Maupassant a apporté diverses modifications à son texte. Les unes visent à dramatiser le récit, ou à lui donner une portée symbolique plus nette (c'est particulièrement vrai en ce qui concerne la conclusion : voir la note 1, page 30) ; les autres visent à enrichir et préciser les traits des principaux personnages, notamment « Mademoiselle Fifi » dont le surnom est expliqué et dont le nom est modifié : le marquis s'appelait primitivement Rego d'Anglesse, patronyme jugé trop peu germanique.

2. Les noms des personnages et le nom du château où se passe l'action sont inventés. Toutefois divers indices permettent de situer cette nouvelle dans le paysage du plateau de Caux, entre la rivière d'Andelle (qui prend sa source près de Forges-les-Eaux) et Rouen où l'on va chercher les prostituées ; d'autre part, dans la première version du récit, le château ne s'appelait pas d'Uville (qui n'existe pas), mais Barville, nom réel d'un manoir situé entre Dieppe et Fécamp.

P. 23

1. Un acte de destruction sans motif auquel on prend plaisir de surcroît : tout comme Néron se réjouit de l'incendie de Rome qu'il fit allumer.

P. 24

1. On connaît la résistance que Denfert-Rochereau opposa aux Prussiens dans Belfort, au cours de l'hiver 1870-1871 ; Strasbourg, de son côté, avait résisté près de six semaines à l'ennemi (été 1870).

P. 26

1. Il était, en effet, courant à l'époque que les prostituées fussent désignées d'un surnom tiré d'une de leurs particularités physiques ou morales : ainsi Boule de Suif dans la nouvelle qui porte ce nom, ou Rosa la Rosse et Flora Balançoire dans *La Maison Tellier*.

P. 28

1. Augusta (1811-1890), ayant épousé le roi de Prusse, Frédéric-Guillaume, devint impératrice d'Allemagne en 1871.

P. 30

1. A partir d'ici, la fin de la nouvelle est la suivante dans *Gil Blas* : avec un regard effroyable. / On s'élançait vers elle ; elle courut vers la fenêtre, l'ouvrit, et sauta dans le parc, sous la pluie. / En deux minutes, mademoiselle Fifi fut morte. Alors commença dans le parc une chasse furieuse. Cinquante hommes, fouettés de menaces, furent lancés dans la nuit. Ils allaient sous l'eau torrentielle, et parfois un coup de fusil éclatait quelque part. Au bout de trois heures, quatre soldats avaient été tués par leurs camarades. Mais on ne retrouva point Rachel. Les autres femmes furent gardées en otages. / On la chercha le lendemain, et toute la semaine aussi, mais on n'en put jamais découvrir aucune trace. / Les habitants furent terrorisés ; on fouilla les maisons, on battit tous les bois en vain. / Alors le commandant, pour se venger, ordonna au prêtre de sonner sa cloche comme autrefois, comptant sur un refus, pour sévir sans contrainte. / Et, le lendemain, la cloche sonna ; et elle tinta désormais tous les jours, car il ne fallait pas qu'on montât au clocher. Une femme était cachée dedans, que le curé nourrissait en cachette.

Madame Baptiste

P. 33

1. Publié d'abord dans *Gil Blas* (28 novembre 1882), ce texte n'est recueilli que dans la seconde édition de *Mademoiselle Fifi* (1883).

Les noms de lieux et de personnes sont imaginaires ; mais il n'est pas impossible que Maupassant ait brodé librement à partir d'une histoire réelle.

P. 39

1. Ce paragraphe pittoresque a été rajouté par Maupassant lors de la publication en volume.

La Rouille

P. 41

1. Cette histoire légère, où l'on peut cependant reconnaître le goût de Maupassant pour la chasse, a paru dans *Gil Blas* (14 septembre 1882), puis dans la seconde édition de *Mademoiselle Fifi* (1883).

Marroca

P. 51

1. Paru dans *Gil Blas* (2 mars 1882), repris dès la première édition de *Mademoiselle Fifi* (1882). Dans le quotidien, l'héroïne s'appelait Marauca, sa sauvagerie était moins accentuée, notamment dans la conclusion, plus abrupte que dans la nouvelle définitive.

Ce climat africain, ces paysages et cette population diverse (Marroca est fille d'« alfatiers » : colons espagnols spécialisés dans l'industrie de l'alfa), Maupassant les a connus lors de son voyage en Afrique du Nord au cours de l'été 1881. Il en réutilisera des éléments dans plusieurs chroniques et dans un chapitre de son roman *Bel-Ami* (I, III).

P. 53

1. Allusion à un personnage de *Namouna* d'Alfred de Musset, que le poète présente se reposant nu sur un sofa.

La Bûche

P. 63

1. Première publication dans *Gil Blas* (26 janvier 1882), repris dès la première édition de *Mademoiselle Fifi* (1882).

1. Le flagrant délit d'adultère est un fait social du temps : Victor Hugo même, dont la verdeur est proverbiale, n'y a pas échappé ! En l'absence de divorce légal, c'était un moyen d'introduire une instance en séparation de corps.

La Relique

P. 71

1. Publié dans *Gil Blas* (17 octobre 1882), recueilli dans la seconde édition de *Mademoiselle Fifi* (1883).

L'esprit de ce conte est plus cocasse que voltairien et anticlérical. En effet, l'idée seule d'une châsse contenant les restes des onze mille vierges est bouffonne ; les reliques de la plus célèbre de ces martyres, sainte Ursule, sont conservées à la cathédrale de Bruges, non de Cologne.

Le Lit

P. 77

1. Publié dans *Gil Blas* (16 mars 1882) et repris dès la première édition de *Mademoiselle Fifi* (1882).

P. 78

1. Il s'agit de Crébillon fils (1707-1777) dont certaines œuvres jouissent d'une réputation de préciosité et de libertinage.

P. 80

1. Citation extraite de l'« Ode à sa maîtresse », dans les *Mélanges* (1555) de Ronsard.

Fou ?

P. 83

1. Publié dans *Gil Blas* (23 août 1882), repris dans la seconde édition de *Mademoiselle Fifi* (1883).

Sur les problèmes de démence et sur les contes qui peuvent être rapprochés de celui-ci, voir : P. Cogny, *Le Maupassant du « Horla »*, Lettres modernes, Minard, 1970.

Réveil

P. 89

1. Publié dans *Gil Blas* (20 février 1883), repris dans la seconde édition de *Mademoiselle Fifi* (1883).

Cette femme, qui s'appelle Jeanne et qui trouve qu'« il n'y a que les rêves de bons dans la vie », fait penser, de loin, à l'héroïne du roman *Une Vie* (1882).

Une ruse

P. 97

1. Publié dans *Gil Blas* (25 septembre 1882), repris dans la seconde édition de *Mademoiselle Fifi* (1883).

P. 98

1. On prête ce mot au moraliste Chamfort.

P. 100

1. Eau de toilette du fabricant de parfums et cosmétiques Lubin.

A cheval

P. 105

1. Publié dans *Le Gaulois* (14 janvier 1883), repris dans la seconde édition de *Mademoiselle Fifi* (1883).

Ce conte est rempli de l'expérience acquise, des notations accumulées par Maupassant durant sa vie d'employé au ministère de la Marine. Comme dans d'autres aventures (« L'Héritage », par exemple), il n'est guère tendre pour son « rond-de-cuir ».

P. 106

1. La somme est loin d'être négligeable : elle représente à peu près deux mois de salaire d'un employé après quelques années d'ancienneté. Pour Gribelin, qui plafonne à un salaire annuel de 1 500 francs, elle est encore plus importante : deux mois et demi de traitement, environ.

P. 109

1. Construit pour l'Exposition universelle de 1855, le palais de l'Industrie s'élevait à l'emplacement de l'actuel Petit Palais.

Un réveillon

1. Publié dans *Gil Blas* (5 janvier 1882), repris dès la première édition de *Mademoiselle Fifi* (1882).

Mots d'amour

P. 123

1. Publié dans *Gil Blas* (2 février 1882), repris dès la première édition de *Mademoiselle Fifi* (1882).

P. 124

1. Ces vers sont de Louis Bouilhet (1822-1869). Ils sont extraits du poème « A une femme » dans *Festons et Astragales* (1859).

P. 126

1. Didon est la reine de Carthage, amoureuse d'Énée, l'ancêtre des fondateurs légendaires de Rome ; dans *Roméo et Juliette*, Shakespeare donne quatorze ans à son héroïne.

2. Ces vers se lisent dans *La Coupe et les Lèvres* (acte IV).

P. 127

1. Paul de Kock (1823-1871) est un romancier aussi célèbre pour sa fécondité que pour la facilité, sinon le relâchement, de son écriture.

Une aventure parisienne

P. 129

1. Publié dans *Gil Blas* (22 décembre 1881), repris dans la première édition de *Mademoiselle Fifi* (1882).

Naturellement, le Jean Varin, évoqué ici comme un célèbre romancier, est un personnage imaginaire. En revanche, des personnalités bien réelles sont citées au passage : William Busnach (1832-1907), auteur dramatique à succès ; Alexandre Dumas fils (1824-1895), l'auteur de *La Dame aux camélias* ; quant à Zola, chef de file des naturalistes, il suscitait l'admiration et le scandale, et venait de faire représenter *Nana* au théâtre.

P. 135

1. Le café Bignon, sur le Boulevard, à l'angle de la rue de la Chaussée-d'Antin, était le lieu de rencontre à la mode pour les écrivains et les artistes ; le théâtre du Vaudeville s'élevait boulevard des Capucines, à deux pas du café Bignon.

Deux amis

P. 139

1. Publié dans *Gil Blas* (5 février 1883), repris dans la seconde édition de *Mademoiselle Fifi* (1883).

Avec ce conte, Maupassant évoque un paysage qu'il connaît bien par ses souvenirs de canotier : c'est par là qu'il se rendait, en fin de semaine avec ses amis, pour naviguer jusqu'à Chatou. Les « deux amis » de la présente histoire s'installent entre le pont de Colombes et le pont d'Argenteuil (peint par Monet) : derrière eux, Paris ; en face, Argenteuil et l'île Marante, aujourd'hui disparue par rattachement à la rive. Mais Maupassant évoque aussi une réalité historique précise : la période la plus difficile du siège de Paris : janvier 1871, quelques jours avant la sortie manquée de Buzenval (le 19). Paris est bombardé depuis décembre et les armées prussiennes occupent les rives de Seine sur lesquelles s'aventurent les deux « héros ».

P. 141

1. Terme populaire pour désigner une absinthe.

Le Voleur

P. 149

1. Publié dans *Gil Blas* (21 juin 1882), recueilli dans la seconde édition de *Mademoiselle Fifi* (1883).

Au passage, Maupassant évoque, avec l'école de Barbizon, les grandes heures de la peinture réaliste, vers 1850. Jean Sorieul (1824-1871) était surtout peintre d'histoire et de batailles ; Eugène Le Poittevin (1806-1870) peignit surtout des scènes de genre ; son petit-neveu, Louis Le Poittevin (1847-1909) était cousin de Maupassant et très lié avec lui.

Nuit de Noël

P. 155

1. Publié dans *Gil Blas* (26 décembre 1882), repris dans la seconde édition de *Mademoiselle Fifi* (1883).

Le Remplaçant

P. 161

1. Publié dans *Gil Blas* (2 janvier 1883), repris dans la seconde édition de *Mademoiselle Fifi* (1883).

TABLE DES MATIÈRES

COMMENTAIRES

ŒUVRES DE GUY DE MAUPASSANT

ROMANS

NOUVELLES

VOYAGES

THÉÂTRE

POÉSIE

Composition réalisée par C.M.L., Montrouge

IMPRIMÉ EN FRANCE PAR BRODARD ET TAUPIN
7, bd Romain-Rolland - Montrouge - Usine de La Flèche.
LIBRAIRIE GÉNÉRALE FRANÇAISE - 14, rue de l'Ancienne-Comédie - Paris.

ISBN : 2 - 253 - 01091 - X   ◈ 30/0583/2